GEORGES SIMENON

Maigret tend un piège

PRESSES DE LA CITÉ

ISBN : 978-2-253-14231-7 – 1re publication - LGF

MAIGRET TEND UN PIÈGE

Georges Simenon, écrivain belge de langue française, est né à Liège en 1903. À seize ans, il devient journaliste à *La Gazette de Liège*. Son premier roman, signé sous le pseudonyme de Georges Sim, paraît en 1921 : *Au pont des Arches, petite histoire liégeoise*. En 1922, il s'installe à Paris et écrit des contes et des romans-feuilletons dans tous les genres. Près de deux cents romans parus entre 1923 et 1933, un bon millier de contes, et de très nombreux articles... En 1929, Simenon rédige son premier Maigret : *Pietr le Letton*. Lancé par les éditions Fayard en 1931, le commissaire Maigret devient vite un personnage très populaire. Simenon écrira en tout soixante-douze aventures de Maigret (ainsi que plusieurs recueils de nouvelles). Peu de temps après, Simenon commence à écrire ce qu'il appellera ses « romans-romans » ou ses « romans durs » : plus de cent dix titres, du *Relais d'Alsace* (1931) aux *Innocents* (1972). Parallèlement à cette activité littéraire foisonnante, il voyage beaucoup. À partir de 1972, il décide de cesser d'écrire. Il se consacre alors à ses vingt-deux *Dictées*, puis rédige ses gigantesques *Mémoires intimes* (1981). Simenon s'est éteint à Lausanne en 1989. Beaucoup de ses romans ont été adaptés au cinéma et à la télévision.

Maigret dans Le Livre de Poche :

1

Branle-bas au Quai des Orfèvres

A partir de trois heures et demie, Maigret commença à relever la tête de temps en temps pour regarder l'heure. A quatre heures moins dix, il parapha le dernier feuillet qu'il venait d'annoter, repoussa son fauteuil, s'épongea, hésita entre les cinq pipes qui se trouvaient dans le cendrier et qu'il avait fumées sans prendre la peine de les vider ensuite. Son pied, sous le bureau, avait pressé un timbre et on frappait à la porte. S'épongeant d'un mouchoir largement déployé, il grognait :

— Entrez !

C'était l'inspecteur Janvier qui, comme le commissaire, avait retiré son veston, mais avait conservé sa cravate tandis que Maigret s'était débarrassé de la sienne.

— Tu donneras ceci à taper. Qu'on me l'apporte à signer dès que ce sera fait. Il faut que Coméliau le reçoive ce soir.

On était le 4 août. Les fenêtres avaient beau être ouvertes, on n'en était pas rafraîchi car elles faisaient pénétrer un air chaud qui semblait émaner du bitume amolli, des pierres brûlantes, de la Seine elle-même qu'on s'attendait à voir fumer comme de l'eau sur un poêle.

Les taxis, les autobus, sur le pont Saint-Michel, allaient moins vite que d'habitude, paraissaient se traîner, et il n'y avait pas qu'à la P.J. que les gens étaient en bras de chemise ; sur les trottoirs aussi les hommes portaient leur veston sur le bras et tout à l'heure Maigret en avait noté quelques-uns en short, comme au bord de la mer.

Il ne devait être resté que le quart des Parisiens à Paris et tous devaient penser avec la même nostalgie aux autres qui avaient la chance, à la même heure, de se tremper dans les petites vagues ou de pêcher, à l'ombre, dans quelque rivière paisible.

— Ils sont arrivés, en face ?

— Je ne les ai pas encore aperçus. Lapointe les guette.

Maigret se leva comme si cela demandait un effort, choisit une pipe qu'il vida et qu'il se mit en devoir de bourrer, se dirigea enfin vers une fenêtre devant laquelle il resta debout, cherchant des yeux certain café-restaurant du quai des Grands-Augustins. La façade était peinte en jaune. Il y avait deux marches à descendre et, à l'intérieur, il devait faire presque aussi frais que dans une cave. Le comptoir était encore un vrai comptoir d'étain à l'ancienne mode, avec une ardoise au mur, le menu écrit à la craie, et l'air sentait toujours le calvados.

Jusqu'à certaines boîtes de bouquinistes, sur les quais, qui étaient cadenassées !

Il resta immobile quatre ou cinq minutes, à tirer sur sa pipe, vit un taxi qui s'arrêtait non loin du petit restaurant, trois hommes qui en descendaient et se dirigeaient vers les marches. La plus familière des trois silhouettes était celle de Lognon, l'inspecteur du XVIIIe arrondissement qui, de loin, paraissait encore plus petit et plus maigre et que Maigret voyait pour la première fois coiffé d'un chapeau de paille.

Qu'est-ce que les trois hommes allaient boire ? De la bière, sans doute.

Maigret poussa la porte du bureau des inspecteurs où régnait la même atmosphère paresseuse que dans le reste de la ville.

— Le Baron est dans le couloir ?
— Depuis une demi-heure, patron.
— Pas d'autres journalistes ?
— Le petit Rougin vient d'arriver.
— Photographes ?
— Un seul.

Le long couloir de la Police Judiciaire était presque vide aussi, avec seulement deux ou trois clients qui attendaient devant la porte de collègues de Maigret. C'était sur la demande de celui-ci que Bodard, de la Section Financière, avait convoqué, pour quatre heures, l'homme dont on parlait chaque jour dans les journaux, un certain Max Bernat, inconnu deux semaines plus tôt, soudain héros du dernier scandale financier qui mettait en jeu des milliards.

Maigret n'avait rien à voir avec Bernat. Bodard n'avait rien à demander à celui-ci, dans l'état de l'enquête. Mais, parce que Bodard avait annoncé négligemment qu'il verrait l'escroc à quatre heures, ce jour-là, il y avait dans le couloir au moins deux des spécialistes des faits divers et un photographe. Ils y resteraient jusqu'à la fin de l'interrogatoire. Peut-être même, si le bruit se répandait que Max Bernat était au Quai des Orfèvres, en arriverait-il d'autres.

Du bureau des inspecteurs, on entendit, à quatre heures précises, le léger brouhaha annonçant l'arrivée de l'escroc qu'on venait d'amener de la Santé.

Maigret attendit encore une dizaine de minutes, tournant en rond, fumant sa pipe, s'épongeant de temps en temps, jetant un coup d'œil au petit restaurant de l'autre côté de la Seine, et enfin il fit claquer deux doigts, lança à Janvier :

— Vas-y !

Janvier décrocha un téléphone et appela le restaurant. Là-bas, Lognon devait guetter près de la cabine, dire au patron :

— C'est sûrement pour moi. J'attends une communication.

Tout se déroulait selon les prévisions. Maigret, un peu lourd, un peu inquiet, rentrait dans son bureau où, avant de s'asseoir, il se versait un verre d'eau à la fontaine d'émail.

Dix minutes plus tard, une scène familière se déroulait dans le couloir. Lognon et un autre inspecteur du XVIIIe, un Corse nommé Alfonsi, gravissaient lentement l'escalier avec, entre eux, un homme qui paraissait mal à l'aise et tenait son chapeau devant son visage.

Le Baron et son confrère Jean Rougin, debout devant la porte du commissaire Bodard, n'eurent besoin que d'un coup d'œil pour comprendre et se précipitèrent tandis que le photographe mettait déjà son appareil en batterie.

— Qui est-ce ?

Ils connaissaient Lognon. Ils connaissaient le personnel de la police presque aussi bien que celui de leur propre journal. Si deux inspecteurs qui n'appartenaient pas à la P.J., mais au commissariat de Montmartre, amenaient au Quai des Orfèvres un quidam qui se cachait le visage avant même d'apercevoir les journalistes, cela ne pouvait signifier qu'une chose.

— C'est pour Maigret ?

Lognon ne répondait pas, se dirigeait vers la porte de celui-ci à laquelle il frappait discrètement. La porte s'ouvrait. Les trois personnages disparaissaient à l'intérieur. La porte se refermait.

Le Baron et Jean Rougin se regardaient en hommes qui viennent de surprendre un secret d'Etat mais, sachant qu'ils pensaient tous les deux la même chose, n'éprouvaient le besoin d'aucun commentaire.

— Tu as un bon cliché ? demanda Rougin au photographe.

— Sauf que le chapeau cache son visage.

— C'est toujours ça. Expédie-le en vitesse au journal et reviens attendre ici. On ne peut pas prévoir quand ils sortiront.

Alfonsi sortit presque tout de suite.

— Qui est-ce ? lui demanda-t-on.

Et l'inspecteur de paraître embarrassé.

— Je ne peux rien dire.

— Pourquoi ?

— C'est la consigne.

— D'où vient-il ? Où l'avez-vous pêché ?

— Demandez au commissaire Maigret.

— Un témoin ?

— Sais pas.

— Un nouveau suspect ?

— Je vous jure que je ne sais pas.

— Merci pour la coopération.

— Je suppose que si c'était le tueur vous lui auriez passé les menottes ?

Alfonsi s'éloigna, l'air navré, en homme qui aimerait en dire davantage, le couloir reprit son calme, pendant plus d'une demi-heure il n'y eut aucune allée et venue.

L'escroc Max Bernat sortit du bureau de la Section Financière mais il était déjà passé au second plan dans l'intérêt des deux journalistes. Ils questionnèrent bien le commissaire Bodard, par acquit de conscience.

— Il a fourni les noms ?

— Pas encore.

— Il nie avoir été aidé par des personnages politiques ?

— Il ne nie pas, n'avoue pas, laisse planer le doute.

— Quand le questionnerez-vous à nouveau ?

— Dès que certains faits auront été vérifiés.

Maigret sortait de son bureau, toujours sans veston, le col ouvert, et se dirigeait d'un air affairé vers le bureau du chef.

C'était un nouveau signe : malgré les vacances, malgré la chaleur, la P.J. s'apprêtait à vivre une de ses soirées importantes et les deux reporters pensaient à certains interrogatoires qui avaient duré toute la nuit, parfois vingt-quatre heures et plus, sans qu'on pût savoir ce qui se passait derrière les portes closes.

Le photographe était revenu.

— Tu n'as rien dit au journal ?

— Seulement de développer le film et de tenir les clichés prêts.

Maigret resta une demi-heure chez le chef, rentra chez lui en écartant les reporters d'un geste las.

— Dites-nous au moins si cela a un rapport avec...

— Je n'ai rien à dire pour le moment.

A six heures, le garçon de la Brasserie Dauphine apporta un plateau chargé de demis. On avait vu Lucas quitter son bureau, pénétrer chez Maigret d'où il n'était pas encore sorti. On avait vu Janvier se précipiter, le chapeau sur la tête, et s'engouffrer dans une des voitures de la P.J.

Fait plus exceptionnel, Lognon parut et se dirigea, comme Maigret l'avait fait, vers le bureau du chef. Il est vrai qu'il n'y resta que dix minutes, après quoi, au lieu de s'en aller, il gagna le bureau des inspecteurs.

— Tu n'as rien remarqué ? demanda le Baron à son confrère.

— Son chapeau de paille, quand il est arrivé ?

On imaginait mal l'inspecteur Malgracieux, comme tout le monde l'appelait dans la police et dans la presse, avec un chapeau de paille presque gai.

— Mieux que ça.

— Il n'a pourtant pas souri ?

— Non. Mais il porte une cravate rouge.

Il n'en avait jamais porté que de sombres, montées sur un appareil en celluloïd.

— Qu'est-ce que cela signifie ?

Le Baron savait tout, racontait les secrets de chacun avec un mince sourire.

— Sa femme est en vacances.

— Je la croyais impotente.

— Elle l'était.

— Guérie ?

Pendant des années, le pauvre Lognon avait été obligé, entre ses heures de service, de faire le marché, la cuisine, de nettoyer son logement de la place Constantin-Pecqueur et, par-dessus tout cela, de soigner sa femme qui s'était déclarée une fois pour toutes invalide.

— Elle a fait la connaissance d'une nouvelle locataire de l'immeuble. Celle-ci lui a parlé de Pougues-les-Eaux et lui a mis en tête d'aller y faire une cure. Si étrange que cela paraisse, elle est partie, sans son mari, qui ne peut pas quitter Paris en ce moment, mais avec la voisine en question. Les deux femmes ont le même âge. La voisine est veuve...

Les allées et venues, d'un bureau à l'autre, devenaient de plus en plus nombreuses. Presque tous ceux qui appartenaient à la brigade de Maigret étaient partis. Janvier était revenu. Lucas allait et venait, affairé, le front en sueur. Lapointe se montrait de temps en temps, et Torrence, Mauvoisin, qui était nouveau dans le service, d'autres encore qu'on essayait de saisir au vol mais à qui il était impossible d'arracher un traître mot.

La petite Maguy, reporter dans un quotidien du matin, arriva bientôt, aussi fraîche que s'il n'y avait pas eu toute la journée trente-six degrés à l'ombre.

— Qu'est-ce que tu viens faire ici ?

— La même chose que vous.

— C'est-à-dire ?

— Attendre.

— Comment as-tu appris qu'il se passe quelque chose ?

Elle haussa les épaules et se passa un crayon de rouge sur les lèvres.

— Combien sont-ils là-dedans ? questionna-t-elle en désignant la porte de Maigret.

— Cinq ou six. On ne peut pas les compter. Ça entre et ça sort. Ils ont l'air de se relayer.

— La chansonnette ?

— En tout cas, le type doit commencer à avoir chaud.

— On a monté de la bière ?

— Oui.

C'était un signe. Quand Maigret faisait monter un plateau de bière, c'est qu'il comptait en avoir pour quelque temps.

— Lognon est toujours avec eux ?

— Oui.

— Triomphant ?

— Difficile à dire, avec lui. Il porte une cravate rouge.

— Pourquoi ?

— Sa femme fait une cure.

Ils se comprenaient. Ils appartenaient à une même confrérie.

— Vous l'avez vu ?

— Qui ?

— Celui sur qui ils s'acharnent.

— Tout, sauf son visage. Il se cachait derrière son chapeau.

— Jeune ?

— Ni jeune ni vieux. Passé la trentaine, autant qu'on en puisse juger.

— Habillé comment ?

— Comme tout le monde. De quelle couleur, son complet, Rougin ?

— Gris fer.

— Moi, j'aurais dit beige.

— L'air de quoi ?

— De n'importe qui dans la rue.

On entendait des pas dans l'escalier et Maguy murmura, comme les autres tournaient la tête :

— Ce doit être mon photographe.

A sept heures et demie, ils étaient cinq de la presse dans le couloir et ils virent monter le garçon de la Brasserie Dauphine avec de nouveaux demis et des sandwiches.

Cette fois, c'était bien le grand jeu. Tour à tour, les reporters se dirigèrent vers un petit bureau, au fond du couloir, pour téléphoner à leur journal.

— On va dîner ?

— Et s'il sort pendant ce temps-là ?

— Et s'il y en a pour toute la nuit ?

— On fait venir des sandwiches, nous aussi ?

— Chiche !

— Et de la bière ?

Le soleil disparaissait derrière les toits mais il faisait encore jour et, si l'air ne grésillait plus, la chaleur n'en restait pas moins lourde.

A huit heures et demie, Maigret ouvrit sa porte, l'air épuisé, les cheveux collés à son front. Il jeta un coup d'œil au couloir, parut sur le point de rejoindre les gens de la presse, se ravisa, et la porte se referma derrière lui.

— On dirait que ça barde !

— Je t'ai annoncé que nous en avions pour la nuit. Tu étais là, quand ils ont interrogé Mestorino ?

— J'étais encore dans les bras de ma mère.

— Vingt-sept heures.

— Au mois d'août ?

— Je ne sais plus quel mois c'était, mais...

La robe en coton imprimé de Maguy se plaquait

à son corps et il y avait de grands cernes sous ses bras, on voyait, sous le tissu, le dessin du soutien-gorge et du slip.

— On fait une belote ?

Les lampes s'allumèrent au plafond. La nuit tomba. Le garçon du bureau de nuit alla prendre sa place au fond du couloir.

— On ne pourrait pas faire un courant d'air ?

Il alla ouvrir la porte d'un bureau, la fenêtre, puis, ailleurs, un autre bureau, et, après quelques instants, en y mettant beaucoup d'attention, on parvint à déceler quelque chose qui ressemblait à une légère brise.

— C'est tout ce que je peux pour vous, messieurs.

A onze heures, enfin, il y eut un remue-ménage derrière la porte de Maigret. Lucas sortit le premier, fit passer l'inconnu qui avait toujours son chapeau à la main et le tenait toujours devant son visage. Lognon fermait la marche. Tous les trois se dirigeaient vers l'escalier reliant la P.J. au Palais de Justice et, de là, aux cellules de la Souricière.

Les photographes se bousculèrent. Des flashes rapides illuminèrent le couloir. Moins d'une minute plus tard, la porte vitrée se refermait et tout le monde se précipitait vers le bureau de Maigret qui ressemblait à un champ de bataille. Des verres traînaient, des bouts de cigarettes, des cendres, des papiers déchirés, et l'air sentait le tabac déjà refroidi. Maigret lui-même, toujours sans veston, le corps à demi engagé dans son placard, se lavait les mains à la fontaine d'émail.

— Vous allez nous donner quelques tuyaux, commissaire ?

Il les regarda avec les gros yeux qu'il avait toujours dans ces cas-là et qui paraissaient ne reconnaître personne.

— Des tuyaux ? répéta-t-il.

— Qui est-ce ?

— Qui ?

— L'homme qui sort d'ici.

— Quelqu'un avec qui j'ai eu une assez longue conversation.

— Un témoin ?

— Je n'ai rien à dire.

— Vous l'avez mis sous mandat de dépôt ?

Il semblait reprendre un peu vie, s'excusait, bonhomme.

— Messieurs, je suis désolé de ne pouvoir vous répondre mais, franchement, je n'ai aucune déclaration à faire.

— Vous comptez en faire une prochainement ?

— Je l'ignore.

— Vous allez voir le juge Coméliau ?

— Pas ce soir.

— Cela a un rapport avec le tueur ?

— Encore une fois, ne m'en veuillez pas si je ne vous fournis aucune information.

— Vous rentrez chez vous ?

— Quelle heure est-il ?

— Onze heures et demie.

— Dans ce cas, la Brasserie Dauphine est encore ouverte et je vais y aller manger un morceau.

On les vit partir, Maigret, Janvier et Lapointe. Deux ou trois journalistes les suivirent jusqu'à la brasserie où ils prirent un verre au bar tandis que les trois hommes s'attablaient dans la seconde salle et donnaient leur commande au garçon, fatigués, soucieux.

Quelques minutes plus tard, Lognon les rejoignit, mais pas Lucas.

Les quatre hommes s'entretenaient à mi-voix et il était impossible d'entendre ce qu'ils disaient, de deviner quoi que ce fût au mouvement de leurs lèvres.

— On file ? Je te reconduis chez toi, Maguy ?

— Non. Au journal.

Une fois la porte refermée, seulement, Maigret s'étira. Un sourire très gai, très jeune monta à ses lèvres.

— Et voilà ! soupira-t-il.

Janvier dit :

— Je crois qu'ils ont marché.

— Parbleu !

— Qu'est-ce qu'ils vont écrire ?

— Je n'en sais rien mais ils trouveront le moyen d'en tirer quelque chose de sensationnel. Surtout le petit Rougin.

C'était un nouveau venu dans la profession, jeune et agressif.

— S'ils s'aperçoivent qu'on les a roulés ?

— Il ne faut pas qu'ils s'en aperçoivent.

C'était presque un nouveau Lognon qu'ils avaient avec eux, un Lognon qui, depuis quatre heures de l'après-midi, avait bu quatre demis et qui ne refusa pas le pousse-café que le patron venait leur offrir.

— Votre femme, vieux ?

— Elle m'écrit que la cure lui fait du bien. Elle se tracasse seulement à mon sujet.

Cela ne le faisait quand même pas rire, ni sourire. Il existe des sujets sacrés. Il n'en était pas moins détendu, presque optimiste.

— Vous avez fort bien joué votre rôle. Je vous remercie. J'espère qu'en dehors d'Alfonsi, personne ne sait rien, à votre commissariat ?

— Personne.

Il était minuit et demi quand ils se séparèrent. On voyait encore des consommateurs aux terrasses, plus de monde dehors, à respirer la fraîcheur relative de la nuit, qu'il n'y en avait eu dans la journée.

— Vous prenez l'autobus ?

Maigret fit signe que non. Il préférait rentrer à pied, tout seul, et, à mesure qu'il marchait le long des trottoirs, son excitation tombait, une expression plus grave, presque angoissée, envahissait son visage.

Plusieurs fois il lui arriva de dépasser des femmes seules qui rasaient les maisons et chaque fois elles tressaillirent, avec l'envie de se mettre à courir au moindre geste ou d'appeler au secours.

En six mois, cinq femmes qui, comme elles, rentraient chez elles, ou se rendaient chez une amie, cinq femmes qui marchaient dans les rues de Paris avaient été victimes d'un même assassin.

Chose curieuse, les cinq crimes avaient été commis dans un seul des vingt arrondissements de Paris, le XVIIIe, à Montmartre, non seulement dans le même arrondissement mais dans le même quartier, dans un secteur très restreint qu'on pouvait délimiter par quatre stations de métro : *Lamarck, Abbesses, Place Blanche* et *Place Clichy*.

Les noms des victimes, des rues où les attentats avaient eu lieu, les heures, étaient devenus familiers aux lecteurs des journaux et, pour Maigret, constituaient une véritable hantise.

Il connaissait le tableau par cœur, pouvait le réciter sans y penser comme une fable qu'on a apprise à l'école.

2 *février.* Avenue Rachel, tout près de la place Clichy, à deux pas du boulevard de Clichy et de ses lumières : Arlette Dutour, 28 ans, fille publique, vivant en meublé rue d'Amsterdam.

Deux coups de couteau dans le dos, dont un ayant provoqué la mort presque instantanée. Lacération méthodique des vêtements et quelques lacérations superficielles sur le corps.

Aucune trace de viol. On ne lui avait pris ni ses bijoux, de peu de valeur, ni son sac à main qui contenait une certaine somme d'argent.

3 *mars.* Rue Lepic, un peu plus haut que le Moulin de la Galette. Huit heures et quart du soir. Joséphine Simmer, née à Mulhouse, sage-femme, âgée

17

de 43 ans. Elle habitait rue Lamarck et revenait d'accoucher une cliente tout en haut de la Butte.

Un seul coup de couteau dans le dos, ayant atteint le cœur. Lacération des vêtements et lacérations superficielles sur le corps. Sa trousse d'accoucheuse se trouvait sur le trottoir à côté d'elle.

17 *avril*. (A cause des coïncidences de chiffres, du 2 février et du 3 mars, on s'était attendu à un nouvel attentat le 4 avril, mais il ne s'était rien passé.) Rue Etex, en bordure du cimetière de Montmartre, presque en face de l'hôpital Bretonneau. Neuf heures trois minutes, du soir toujours. Monique Juteaux, couturière, 24 ans, célibataire, vivant avec sa mère boulevard des Batignolles. Elle revenait de chez une amie habitant l'avenue de Saint-Ouen. Il pleuvait et elle portait un parapluie.

Trois coups de couteau. Lacérations. Pas de vol.

15 *juin*. Entre neuf heures vingt minutes et neuf heures et demie. Rue Durantin, cette fois, toujours dans le même secteur, Marie Bernard, veuve, 52 ans, employée des postes, occupant avec sa fille et son gendre un appartement du boulevard Rochechouart.

Deux coups de couteau. Lacérations. Le second coup de couteau avait tranché la carotide. Pas de vol.

21 *juillet*. Le dernier crime en date. Georgette Lecoin, mariée, mère de deux enfants, âgée de 31 ans, habitant rue Lepic, non loin de l'endroit où le second attentat avait été commis.

Son mari travaillait de nuit dans un garage. Un de ses enfants était malade. Elle descendait la rue Tholozé à la recherche d'une pharmacie ouverte et avait cessé de vivre vers neuf heures quarante-cinq, presque en face d'un bal musette.

Un seul coup de couteau. Lacérations.

C'était hideux et monotone. On avait renforcé la

police du quartier des Grandes-Carrières. Lognon avait, comme ses collègues, remis ses vacances à une date ultérieure. Les prendrait-il jamais ?

Les rues étaient patrouillées. Des agents étaient planqués à tous les points stratégiques. Ils l'étaient déjà lors des deuxième, troisième, quatrième et cinquième assassinats.

— Fatigué ? demanda Mme Maigret en ouvrant la porte de leur appartement au moment précis où son mari atteignait le palier.

— Il a fait chaud.

— Toujours rien ?

— Rien.

— J'ai entendu tout à l'heure à la radio qu'il y a eu un grand remue-ménage au Quai des Orfèvres.

— Déjà ?

— On suppose que cela a trait aux crimes du XVIIIe. C'est vrai ?

— Plus ou moins.

— Vous avez une piste ?

— Je n'en sais rien.

— Tu as dîné ?

— Et même soupé, voilà une demi-heure.

Elle n'insista pas et, un peu plus tard, tous les deux dormaient, la fenêtre grande ouverte.

Il arriva le lendemain à neuf heures à son bureau sans avoir eu le temps de lire les journaux. On les avait posés sur son buvard et il allait les parcourir quand la sonnerie du téléphone retentit. Dès la première syllabe, il reconnut son interlocuteur.

— Maigret ?

— Oui, monsieur le juge.

C'était Coméliau, bien entendu, chargé de l'instruction des cinq crimes de Montmartre.

— Tout cela est vrai ?

— De quoi parlez-vous ?

— De ce qu'écrivent les journaux de ce matin.

19

— Je ne les ai pas encore vus.

— Vous avez effectué une arrestation ?

— Pas que je sache.

— Il serait peut-être préférable que vous passiez tout de suite à mon cabinet.

— Volontiers, monsieur le juge.

Lucas était entré et avait assisté à l'entretien. Il comprit la grimace du commissaire, qui lui lança :

— Dis au chef que je suis au Palais et que je ne reviendrai sans doute pas à temps pour le rapport.

Il suivit le même chemin que, la veille, Lognon, Lucas et le mystérieux visiteur de la P.J., l'homme au chapeau devant le visage. Dans le couloir des juges d'instruction, des gendarmes le saluèrent, des prévenus ou des témoins qui attendaient le reconnurent et certains lui adressèrent un petit signe.

— Entrez. Lisez.

Il s'attendait à tout cela, évidemment, à un Coméliau nerveux et agressif, contenant avec peine l'indignation qui faisait frémir sa petite moustache.

Une des feuilles imprimait :

La police tient-elle enfin le tueur ?

Une autre :

Branle-bas Quai des Orfèvres
Est-ce le maniaque de Montmartre ?

— Je vous ferai remarquer, commissaire, que, hier à quatre heures, je me trouvais ici, dans mon cabinet, à moins de deux cents mètres de votre bureau et à portée d'un appareil téléphonique. Je m'y trouvais encore à cinq heures, à six heures, et je ne suis parti, appelé par d'autres obligations, qu'à sept heures moins dix. Même alors, j'étais accessible, chez moi d'abord, où il vous est arrivé maintes fois de me joindre au bout du fil, ensuite chez des amis dont j'avais eu soin de laisser l'adresse à mon domestique.

Maigret, debout, écoutait sans broncher.

— Lorsqu'un événement aussi important que...

Levant la tête, le commissaire murmura :

— Il n'y a pas eu d'événement.

Coméliau, trop lancé pour se calmer de but en blanc, frappa les journaux d'une main sèche.

— Et ceci ? Vous allez me dire que ce sont des inventions de journalistes ?

— Des suppositions.

— Autrement dit, il ne s'est rien passé du tout et ce sont ces messieurs qui ont supposé que vous aviez fait comparaître un inconnu dans votre bureau, que vous l'avez interrogé pendant plus de six heures, que vous l'avez envoyé ensuite à la Souricière et que...

— Je n'ai interrogé personne, monsieur le juge.

Cette fois, Coméliau, ébranlé, le regarda en homme qui ne comprend plus.

— Vous feriez mieux de vous expliquer, afin que je puisse fournir à mon tour des explications au procureur général dont le premier soin, ce matin, a été de m'appeler.

— Une certaine personne est en effet venue me voir hier après-midi en compagnie de deux inspecteurs.

— Une personne que ces inspecteurs avaient appréhendée ?

— Il s'agit plutôt d'une visite amicale.

— C'est pour cela que l'homme se cachait le visage avec son chapeau ?

Coméliau désignait une photographie qui s'étalait sur deux colonnes en première page des différents journaux.

— Peut-être est-ce l'effet d'un hasard, d'un geste machinal. Nous avons bavardé...

— Pendant six heures ?

— Le temps passe vite.

— Et vous avez fait monter de la bière et des sandwiches.

— C'est exact, monsieur le juge.

Celui-ci frappait à nouveau le journal du plat de la main.

— J'ai ici un compte rendu détaillé de toutes vos allées et venues.

— Je n'en doute pas.

— Qui est cet homme ?

— Un charmant garçon du nom de Mazet, Pierre Mazet, qui a travaillé dans mon service voilà une dizaine d'années, alors qu'il venait de passer ses examens. Par la suite, espérant un avancement plus rapide, et aussi, je pense, à la suite de je ne sais quel chagrin d'amour, il a demandé un poste en Afrique-Equatoriale où il a vécu cinq ans.

Coméliau ne comprenait plus, regardait Maigret, sourcils froncés, en se demandant si le commissaire se moquait de lui.

— Il a dû quitter l'Afrique à cause des fièvres et les médecins lui interdisent d'y retourner. Quand il sera physiquement retapé, il est probable qu'il sollicitera sa réintégration à la P.J.

— C'est pour le recevoir que vous avez créé ce que les journaux n'hésitent pas à appeler un branle-bas de combat ?

Maigret se dirigea vers la porte, s'assura qu'il n'y avait personne à les écouter.

— Oui, monsieur le juge, admit-il enfin. J'avais besoin d'un homme dont le signalement soit aussi quelconque que possible et dont le visage ne soit familier ni au public ni à la presse. Le pauvre Mazet a beaucoup changé pendant son séjour en Afrique. Vous comprenez ?

— Pas très bien.

— Je n'ai fait aucune déclaration aux reporters. Je n'ai pas prononcé un seul mot laissant entendre

22

que cette visite avait un rapport quelconque avec les crimes de Montmartre.

— Mais vous n'avez pas démenti.

— J'ai répété que je n'avais rien à dire, ce qui est la vérité.

— Résultat... s'écria le petit juge en désignant à nouveau les journaux.

— Le résultat que je désirais atteindre.

— Sans me consulter, bien entendu. Sans même me tenir au courant.

— Uniquement, monsieur le juge, afin de ne pas vous faire partager ma responsabilité.

— Qu'espérez-vous ?

Maigret, dont la pipe était éteinte depuis un moment, l'alluma avec l'air de réfléchir, et laissa tomber lentement :

— Je n'en sais encore rien, monsieur le juge. J'ai seulement cru que cela valait la peine de tenter quelque chose.

Coméliau ne savait plus très bien où il en était et fixait la pipe de Maigret à laquelle il n'avait jamais pu s'habituer. Le commissaire était le seul, en effet, à se permettre de fumer dans son cabinet et le juge y voyait une sorte de défi.

— Asseyez-vous, prononça-t-il enfin, à regret.

Et, avant de s'asseoir lui-même, il alla ouvrir la fenêtre.

2

Les théories du professeur Tissot

C'était le vendredi précédent que Maigret et sa femme s'étaient dirigés tranquillement, le soir, en voisins, vers la rue Picpus, et tout le long des rues de leur quartier des gens étaient assis sur les seuils, beaucoup avaient apporté leur chaise sur le trottoir. La tradition des dîners mensuels chez le docteur Pardon continuait avec, depuis un an à peu près, une légère variante.

Pardon avait pris l'habitude, en effet, outre le couple Maigret, d'inviter l'un ou l'autre de ses confrères, presque toujours un homme intéressant, soit par sa personnalité, soit par ses recherches, et c'était souvent en face d'un grand patron, d'un professeur illustre, que le commissaire se trouvait assis.

Il ne s'était pas rendu compte, au début, que c'étaient ces gens-là qui demandaient à le rencontrer et qui l'étudiaient, lui posant des questions innombrables. Tous avaient entendu parler de lui et étaient curieux de le connaître. Il ne fallait pas longtemps pour qu'ils se sentent avec Maigret sur un terrain commun et certaines conversations d'après-dîner, aidées par quelque vieille liqueur, dans le paisible salon des Pardon, aux fenêtres presque toujours ouvertes sur la rue populeuse, avaient duré assez tard dans la nuit.

Dix fois, à la suite d'un de ces entretiens, l'interlocuteur de Maigret lui avait soudain demandé en le regardant gravement :

— Vous n'avez jamais été tenté de faire de la médecine ?

Il répondait, presque rougissant, que cela avait été sa première vocation et que la mort de son père l'avait contraint à abandonner ses études.

N'était-ce pas curieux qu'ils le sentent, après tant d'années ? Leur façon, à eux et à lui, de s'intéresser à l'homme, d'envisager ses peines et ses faillites, était presque la même.

Et le policier n'essayait pas de cacher qu'il était flatté que des professeurs au nom universellement connu finissent par parler métier avec lui comme s'ils étaient confrères.

Pardon l'avait-il fait exprès ce soir-là, à cause du tueur de Montmartre qui préoccupait tous les esprits depuis des mois ? C'était possible. C'était un homme très simple, certes, mais en même temps un homme qui avait des délicatesses extrêmement subtiles. Cette année-là, il avait dû prendre ses vacances tôt dans la saison, en juin, car il n'avait trouvé de remplaçant que pour ce moment-là.

Quand Maigret et sa femme étaient arrivés, un couple se trouvait déjà dans le salon devant le plateau d'apéritifs, un homme carré, bâti en paysan, les cheveux gris et drus taillés en brosse sur un visage sanguin et une femme noiraude d'une vivacité exceptionnelle.

— Mes amis Maigret... Madame Tissot... Le professeur Tissot... avait présenté Pardon.

C'était le fameux Tissot qui dirigeait Sainte-Anne, l'Asile des Aliénés de la rue Cabanis. Bien qu'il fût souvent appelé à témoigner comme expert devant les tribunaux, Maigret n'avait jamais eu l'occasion de le rencontrer et il découvrait un type de psychiatre solide, humain, jovial qu'il ne connaissait pas encore.

On ne tarda pas à se mettre à table. Il faisait chaud mais, vers la fin du repas, une pluie fine et douce se mit à tomber, dont le bruissement, au-delà des fenêtres restées ouvertes, accompagna leur soirée.

Le professeur Tissot ne prenait pas de vacances car, bien qu'ayant un appartement à Paris, il rentrait presque chaque soir dans sa propriété de Ville-d'Avray.

Comme ses prédécesseurs, il commença, tout en parlant de choses et d'autres, à observer le commissaire, par petits coups d'œil rapides, comme si chaque regard ajoutait une touche à l'image qu'il se formait de lui. Ce ne fut qu'au salon, quand les femmes se furent groupées tout naturellement dans un coin, qu'il attaqua, à brûle-pourpoint :

— Votre responsabilité ne vous effraie pas quelque peu ?

Maigret comprit tout de suite.

— Je suppose que vous parlez des meurtres du XVIIIᵉ ?

Son interlocuteur se contenta de battre des paupières. Et c'était vrai que cette affaire-là était, pour Maigret, une des plus angoissantes de sa carrière. Il ne s'agissait pas de découvrir l'auteur d'un crime. La question, pour la société, n'était pas, comme presque toujours, de punir un assassin.

C'était une question de défense. Cinq femmes étaient mortes et rien ne permettait de supposer que la liste était close.

Or, les moyens de défense habituels ne jouaient pas. La preuve c'est que, dès après le premier crime, toute la mécanique policière avait été mise en mouvement sans que cela empêchât les attentats suivants.

Maigret croyait comprendre ce que Tissot voulait dire en parlant de sa responsabilité. C'était de lui, plus exactement *de la façon dont il envisagerait le problème*, que le sort d'un certain nombre de femmes dépendait.

Pardon l'avait-il senti aussi, et était-ce pour cela qu'il avait arrangé cette rencontre ?

— Encore que ce soit en quelque sorte ma spécialité, avait ajouté Tissot, je n'aimerais pas être à votre place, avec la population qui s'affole, les journaux qui ne font rien pour la rassurer, les gens en place qui réclament des mesures contradictoires. C'est bien le tableau ?

— C'est bien cela.

— Je suppose que vous avez noté les caractéristiques des différents crimes ?

Il entrait tout de suite dans le cœur de la matière et Maigret aurait pu penser qu'il s'entretenait avec un de ses collègues de la P.J.

— Puis-je vous demander, entre nous, commissaire, ce qui vous a le plus frappé ?

C'était presque une colle et Maigret, à qui cela arrivait rarement, se sentit rougir.

— Le type des victimes, répondit-il cependant sans hésiter. Vous m'avez demandé la caractéristique principale, n'est-ce pas ? Je ne vous ai pas parlé des autres, qui sont assez nombreuses.

» Lorsqu'il arrive, comme c'est le cas, que des crimes soient commis en série, notre premier soin, Quai des Orfèvres, est de chercher les points communs entre eux.

Son verre d'armagnac à la main, Tissot approuvait du chef et le dîner avait fortement coloré son visage.

— L'heure, par exemple ? dit-il.

On sentait son désir de montrer qu'il connaissait l'affaire, que lui aussi, à travers les journaux, l'avait étudiée sous tous ses angles, y compris l'angle purement policier.

Ce fut le tour de Maigret de sourire, car c'était assez touchant.

— L'heure, en effet. Le premier attentat a eu lieu à huit heures du soir et c'était en février. Il faisait donc nuit. Le crime du 3 mars s'est commis un quart d'heure plus tard et ainsi de suite pour finir, en juillet, quelques minutes avant dix heures. Il est évident que le meurtrier attend que l'obscurité soit tombée.

— Les dates ?

— Je les ai étudiées vingt fois, au point qu'elles finissent par s'embrouiller dans ma tête. Vous pourriez voir, sur mon bureau, un calendrier couvert de notes noires, bleues et rouges. Comme pour le déchiffrage d'un langage secret, j'ai essayé tous les systèmes, toutes les clefs. On a d'abord parlé de pleine lune.

— Les gens attachent beaucoup d'importance à la lune quand il s'agit d'actes qu'ils ne peuvent expliquer.

— Vous y croyez ?

— En tant que médecin, non.

— En tant qu'homme ?

— Je ne sais pas.

— Toujours est-il que l'explication ne joue pas, car deux attentats sur cinq seulement se sont produits des soirs de pleine lune. J'ai donc cherché ailleurs. Le jour de la semaine, par exemple. Certaines gens s'enivrent chaque samedi. Un seul des crimes a été commis un samedi. Il y a des professions dans lesquelles le jour de congé n'est pas le dimanche mais un autre jour.

Il avait l'impression que Tissot, comme lui, avait envisagé ces différentes hypothèses.

— La première constante, si je puis dire, poursuivit-il, que nous ayons retenue, c'est le quartier. Il est évident que le meurtrier le connaît à merveille, dans ses moindres recoins. C'est même à cette connaissance des rues, des endroits éclairés et de ceux qui ne le sont pas, des distances entre deux points déterminés, qu'il doit, non seulement de ne pas avoir été pris, mais de n'avoir pas été vu.

— La presse a parlé de témoins qui affirment l'avoir aperçu.

— Nous avons entendu tout le monde. La locataire du premier étage, avenue Rachel, par exemple, celle qui se montre la plus catégorique et prétend qu'il est grand, maigre, vêtu d'un imperméable jaunâtre et d'un chapeau de feutre rabattu sur les yeux. D'abord, il s'agit d'une description type, qui revient trop souvent dans ces affaires-là, et dont, au Quai, nous nous méfions toujours. Ensuite, il a été prouvé que, de la fenêtre où cette femme affirme s'être tenue, il est impossible de voir l'endroit désigné.

» Le témoignage du petit garçon est plus sérieux, mais si vague qu'il en devient inutilisable. Il s'agit de l'affaire de la rue Durantin. Vous vous souvenez ?

Tissot fit signe que oui.

— Bref, l'homme connaît à merveille le quartier et c'est pourquoi chacun se figure qu'il l'habite, ce qui y crée une atmosphère particulièrement angoissante. Chacun observe son voisin avec méfiance. Nous avons reçu des centaines de lettres nous signalant la conduite étrange de gens parfaitement normaux.

» Nous avons essayé l'hypothèse d'un homme ne vivant pas dans le quartier, mais y travaillant.

— C'est là une besogne considérable.

— Cela représente des milliers d'heures. Et je ne parle pas des recherches dans nos dossiers, des listes de tous les criminels, de tous les maniaques que nous avons mises à jour et vérifiées. Vous avez dû, comme les autres hôpitaux, recevoir un questionnaire au sujet de vos pensionnaires remis en liberté depuis un certain nombre d'années.

— Mes collaborateurs y ont répondu.

— Le même questionnaire a été adressé aux asiles de province et de l'étranger ainsi qu'aux médecins traitants.

— Vous avez parlé d'une autre constante.

— Vous avez vu la photographie des victimes dans les journaux. Chacune d'elles a été publiée à une date différente. Je ne sais pas si vous avez eu la curiosité de les placer côte à côte.

Une fois de plus, Tissot fit signe que oui.

— Ces femmes sont d'origines diverses, d'abord géographiquement. L'une est née à Mulhouse, une autre dans le Midi, une autre encore en Bretagne, deux à Paris ou dans la banlieue.

» Du point de vue professionnel enfin, rien ne les relie l'une à l'autre ; une fille publique, une sage-femme, une couturière, une employée des postes et une mère de famille.

» Elles n'habitent pas toutes le quartier.

» Nous avons établi qu'elles ne se connaissaient pas, que, plus que probablement, elles ne s'étaient jamais rencontrées.

— Je n'imaginais pas que vous meniez vos enquêtes sous tant d'angles différents.

— Nous avons été plus loin. Nous nous sommes assurés qu'elles ne fréquentaient pas la même église, par exemple, ou le même boucher, qu'elles n'avaient pas le même médecin ou le même dentiste, n'allaient pas, à jour plus ou moins fixe, dans le même cinéma ou dans la même salle de danse. Quand je vous parlais de milliers d'heures...

— Cela n'a rien donné ?

— Non. Je n'espérais d'ailleurs pas que cela donnerait quelque chose, mais j'étais obligé de vérifier. Nous n'avons pas le droit de laisser inexplorée la plus petite possibilité.

— Vous avez pensé aux vacances ?

— Je vous comprends. Elles auraient pu prendre chaque année leurs vacances dans le même endroit, à la campagne ou à la mer, mais il n'en est rien.

— De sorte que le meurtrier les choisit au hasard, selon les opportunités ?

Maigret était persuadé que le professeur Tissot n'en croyait rien, qu'il avait fait la même remarque que lui.

— Non. Pas tout à fait. Ces femmes, comme je vous l'ai dit, à bien examiner leurs photographies, ont quelque chose de commun : la corpulence. Si vous ne regardez pas les visages, si vous vous contentez d'examiner leur silhouette, vous notez que toutes les cinq sont assez petites et plutôt boulottes, presque grasses, avec une taille épaisse et de fortes hanches, même Monique Juteaux, la plus jeune du lot.

Pardon et le professeur échangèrent un regard et Pardon avait l'air de dire :

— Je l'avais parié ! Il l'a remarqué aussi !

Tissot souriait.

— Mes compliments, mon cher commissaire. Je constate que je n'ai rien à vous apprendre.

Il ajouta après une hésitation :

— J'en avais parlé à Pardon, me demandant si la police ferait cette remarque. C'est un peu pour cela, et aussi parce qu'il y a longtemps que je désire vous connaître, qu'il m'a invité ce soir avec ma femme.

Ils étaient restés debout tout ce temps-là. Le docteur de la rue Picpus proposa d'aller s'asseoir dans un coin, près de la fenêtre, d'où ils entendaient des rumeurs de radio. La pluie tombait toujours, si légère que les gouttelettes semblaient se poser délicatement les unes sur les autres pour former sur le pavé une sorte de laque sombre.

Ce fut Maigret qui reprit la parole.

— Savez-vous, monsieur le professeur, la question qui me trouble le plus, celle qui, à mon avis,

32

si elle était résolue, permettrait de mettre la main sur le tueur ?

— Je vous écoute.

— Cet homme n'est plus un enfant. Il a donc vécu un certain nombre d'années, vingt, trente ou davantage, sans commettre de crime. Or, en l'espace de six mois, il vient de tuer à cinq reprises. La question que je me pose est celle du commencement. Pourquoi, le 2 février, a-t-il soudain cessé d'être un citoyen inoffensif pour devenir un dangereux maniaque ? Vous, savant, voyez-vous une explication ?

Cela fit sourire Tissot, qui eut encore une fois un regard vers son confrère.

— On nous prête volontiers, à nous, savants, comme vous dites, des connaissances et des pouvoirs que nous n'avons pas. Je vais pourtant essayer de vous répondre, non seulement en ce qui concerne le choc initial, mais en ce qui concerne le cas en lui-même.

» Je n'emploierai d'ailleurs aucun terme scientifique ou technique car ceux-ci ne servent le plus souvent qu'à masquer notre ignorance. N'est-ce pas, Pardon ?

Il devait faire allusion à certain de ses confrères contre lequel il avait une dent, car tous les deux parurent se comprendre.

— Devant une série de crimes comme celle qui nous occupe, la réaction de chacun est d'affirmer qu'il s'agit d'un maniaque ou d'un fou. *Grosso modo*, c'est exact. Tuer cinq femmes dans les conditions où les cinq meurtres ont été commis, sans raison apparente, et lacérer ensuite leurs vêtements, n'a rien de commun avec le comportement de l'homme normal tel que nous l'imaginons.

» Quant à déterminer pourquoi et comment cela a commencé, c'est une question fort complexe à laquelle il est difficile de répondre.

» Presque chaque semaine, je suis appelé à témoigner en qualité d'expert en Cour d'Assises. Durant le cours de ma carrière, j'ai vu le sens de la responsabilité en matière criminelle évoluer avec une rapidité telle qu'à mon avis ce sont toutes nos conceptions de la justice qui en sont changées, sinon ébranlées.

» On nous demandait jadis :

» — Au moment du crime, l'accusé était-il responsable de ses actes ?

» Et le mot responsabilité avait un sens assez précis.

» Aujourd'hui, c'est la responsabilité de l'Homme, avec une majuscule, qu'on nous demande d'évaluer, à tel point que j'ai souvent l'impression que ce ne sont plus les magistrats et les jurés qui décident du sort d'un criminel, mais nous, les psychiatres.

» Or, dans la plupart des cas, nous n'en savons pas plus que le profane.

» La psychiatrie est une science tant qu'il y a traumatisme, tumeur, transformation anormale de telle glande ou de telle fonction.

» Dans ces cas-là, en effet, nous pouvons déclarer en toute conscience que tel homme est sain ou malade, responsable de ses actes ou irresponsable.

» Mais ce sont les cas les plus rares et la plupart de ces individus se trouvent dans les asiles.

» Pourquoi les autres, comme probablement celui dont nous parlons, agissent-ils différemment de leurs semblables ?

» Je crois, commissaire, que là-dessus vous en savez autant, sinon plus que nous.

Mme Pardon s'était approchée d'eux avec la bouteille d'armagnac.

— Continuez, messieurs. Nous sommes occupées, de notre côté, à échanger des recettes de cuisine. Un peu d'armagnac, professeur ?

— Un demi-verre.

Ils bavardèrent ainsi, dans une lumière aussi douce que la pluie qui tombait dehors, jusque passé une heure du matin. Maigret n'avait pas tout retenu de cette longue conversation qui avait souvent bifurqué vers des sujets parallèles.

Il se souvenait que Tissot avait dit, par exemple, avec l'ironie d'un homme qui a un vieux compte à régler :

— Si je suivais aveuglément les théories de Freud, d'Adler ou même des psychanalystes d'aujourd'hui, je n'hésiterais pas à affirmer que notre homme est un obsédé sexuel, encore qu'aucune des victimes n'ait été sexuellement attaquée.

» Je pourrais aussi parler de complexes, remonter à des impressions de la petite enfance...

— Vous repoussez cette explication ?

— Je n'en repousse aucune, mais je me méfie de celles qui sont trop faciles.

— Vous n'avez aucune théorie personnelle ?

— Une théorie, non. Une idée, peut-être, mais j'ai un peu peur, je l'avoue, de vous en parler, car je n'oublie pas que c'est vous qui portez sur vos épaules la responsabilité de l'enquête. Il est vrai que vos épaules sont aussi larges que les miennes. Fils de paysan, hein ?

— De l'Allier.

— Moi, du Cantal. Mon père a quatre-vingt-huit ans et vit encore dans sa ferme.

Il en était plus fier, aurait-on juré, que de ses titres scientifiques.

— Il m'est passé par les mains beaucoup d'aliénés, ou de demi-aliénés, pour employer une expression peu savante, ayant commis des actes criminels et, en matière de constante, selon votre mot de tout à l'heure, il y en a une que j'ai presque toujours retrouvée chez eux : un besoin conscient ou inconscient de s'affirmer. Vous comprenez ce que j'entends par cela ?

Maigret fit signe que oui.

— Presque tous, à tort ou à raison, ont passé longtemps, auprès de leur entourage, pour des êtres inconsistants, médiocres ou attardés et ils en ont été humiliés. Par quel mécanisme cette humiliation, longtemps refoulée, éclate-t-elle soudain sous la forme d'un crime, d'un attentat, d'un geste quelconque de défi ou de bravade ? Ni mes confrères, autant que je sache, ni moi ne l'avons établi.

» Ce que je dis ici n'est peut-être pas orthodoxe, surtout résumé en quelques mots, mais je suis persuadé que la plupart des crimes qu'on dit sans motif, et surtout des crimes répétés, sont une manifestation d'orgueil.

Maigret était devenu pensif.

— Cela concorde avec une de mes remarques, murmura-t-il.

— Laquelle ?

— Que, si les criminels, tôt ou tard, n'éprouvaient pas le besoin de se vanter de leurs actes, il y en aurait beaucoup moins dans les prisons. Savez-vous où, après ce qu'on appelle un crime crapuleux, nous allons avant tout en chercher l'auteur ? Jadis, dans les maisons de tolérance, aujourd'hui qu'elles n'existent plus, dans le lit des filles plus ou moins publiques. Et ils parlent ! Ils sont persuadés qu'avec elles cela n'a pas d'importance, qu'ils ne risquent rien, ce qui est vrai dans la majorité des cas. Ils se racontent. Souvent ils en rajoutent.

— Vous avez essayé, cette fois-ci ?

— Il n'y a pas une fille de Paris, surtout dans le secteur de Clichy et de Montmartre, qui n'ait été interpellée ces derniers mois.

— Cela n'a rien donné ?

— Non.

— Alors, c'est pis.

— Vous voulez dire que, n'ayant pas éprouvé de détente, il recommencera fatalement ?

— Presque.

Maigret, les derniers temps, avait étudié tous les cas historiques ayant une analogie avec l'affaire du XVIIIe, depuis Jack l'Eventreur, jusqu'au Vampire de Düsseldorf, en passant par l'allumeur de réverbères de Vienne et par le Polonais des fermes de l'Aisne.

— Vous croyez que, d'eux-mêmes, ils ne s'arrêtent jamais ? questionna-t-il. Il y a pourtant le précédent de Jack l'Eventreur qui, d'un jour à l'autre, a cessé de faire parler de lui.

— Qui vous prouve qu'il n'a pas été victime d'un accident, ou qu'il n'est pas mort de maladie ? Je vais aller plus loin, commissaire, et ici ce n'est plus le médecin-chef de Sainte-Anne qui parle, car je m'éloigne par trop des théories officielles.

» Les individus dans le genre du vôtre sont poussés, à leur insu, par le besoin de se faire prendre, et c'est encore une forme de l'orgueil. Ils ne supportent pas l'idée que les gens, autour d'eux, continuent à les prendre pour des êtres ordinaires. Il faut qu'ils puissent crier à la face du monde ce qu'ils ont fait, ce dont ils ont été capables.

» Cela ne signifie pas qu'ils se font prendre exprès, mais, presque toujours, ils s'entourent, à mesure que leurs crimes se multiplient, de moins de précautions, ont l'air de narguer la police, de narguer le destin.

» Certains m'ont avoué que cela avait été un soulagement pour eux d'être enfin arrêtés.

— J'ai reçu les mêmes aveux.

— Vous voyez !

De qui vint l'idée ? La soirée avait été si longue, ils avaient tourné et retourné le sujet sur tant de faces qu'après coup c'était difficile d'établir ce qui venait de l'un et ce qui était la part de l'autre.

Peut-être la suggestion avait-elle été lancée par

le professeur Tissot, mais si discrètement que Pardon lui-même ne s'en était pas aperçu.

Il était déjà passé minuit quand Maigret avait murmuré, comme se parlant à lui-même :

— A supposer que quelqu'un d'autre soit arrêté et prenne en quelque sorte la place de notre tueur, usurpe ce qu'il considère comme sa gloire...

Ils y étaient arrivés.

— Je crois, en effet, répondit Tissot, que votre homme serait en proie à un sentiment de frustration.

— Reste à savoir comment il réagirait. Et aussi *quand* il réagirait.

Maigret allait déjà plus loin qu'eux, abandonnant la théorie pour envisager les solutions pratiques.

On ne savait rien du tueur. On ne possédait pas son signalement. Jusqu'ici, il avait opéré dans un seul quartier, dans un secteur déterminé, mais rien ne prouvait qu'il ne sévirait pas demain sur un autre point de Paris ou d'ailleurs.

Ce qui rendait la menace si angoissante, c'est qu'elle restait vague, imprécise.

Se passerait-il un mois avant son prochain crime ? Se passerait-il seulement trois jours ?

On ne pouvait garder à l'infini chaque rue de Paris en état de siège. Les femmes elles-mêmes, qui se terraient chez elles après chaque meurtre, reprenaient bientôt une existence plus normale, se risquaient dehors le soir en se disant que le danger était écarté.

— J'ai connu deux cas, reprit Maigret après un silence, où des criminels ont écrit aux journaux pour protester contre l'arrestation d'innocents.

— Ces gens-là écrivent souvent aux journaux, poussés par ce que j'appelle leur exhibitionnisme.

— Cela nous aiderait.

Même une lettre composée avec des mots découpés dans les journaux pouvait devenir un point de départ dans une enquête où on n'avait rien pour s'appuyer.

— Évidemment, il a devant lui une autre solution...

— Je viens d'y penser.

Une solution toute simple : immédiatement après l'arrestation d'un soi-disant coupable, commettre un autre meurtre pareil aux autres ! Peut-être en commettre deux, trois...

Ils se séparèrent sur le trottoir, devant la voiture du professeur qui retournait avec sa femme à Ville-d'Avray.

— Je vous dépose chez vous ?

— Nous habitons le quartier et avons l'habitude de marcher.

— J'ai dans l'idée que cette affaire-là m'enverra une fois encore comme expert aux Assises.

— A condition que je mette la main sur le coupable.

— Je vous fais confiance.

Ils se serrèrent la main et Maigret eut l'impression qu'une amitié était née ce soir-là.

— Tu n'as pas eu l'occasion de lui parler, dit Mme Maigret un peu plus tard, alors qu'ils marchaient tous les deux le long des maisons. C'est dommage car c'est la femme la plus intelligente que j'aie rencontrée. Comment est son mari ?

— Très bien.

Elle fit semblant de ne pas voir ce que Maigret était en train de faire, furtivement, comme quand il était gamin. Cette pluie-là était si fraîche et si savoureuse que, de temps en temps, il avançait la langue pour en happer quelques gouttes qui avaient un goût spécial.

— Vous aviez l'air de discuter sérieusement.

— Oui...

Ce fut tout sur ce sujet-là. Ils retrouvaient leur maison, leur appartement où les fenêtres étaient restées ouvertes et où Mme Maigret essuya un peu d'eau sur le parquet.

Ce fut peut-être en s'endormant, peut-être le matin à son réveil, que Maigret prit sa décision. Et le hasard voulut que, dans la matinée, Pierre Mazet, son ancien inspecteur, qu'il n'avait pas vu depuis huit ans, se présentât à son bureau.

— Qu'est-ce que tu fais à Paris ?

— Rien, patron. Je me requinque. Les moustiques africains m'ont mis mal en point et les médecins insistent pour que je me repose encore quelques mois. Après cela, je me demande s'il y aura encore une petite place pour moi au Quai.

— Parbleu !

Pourquoi pas Mazet ? Il était intelligent, ne risquait guère d'être reconnu.

— Tu veux me rendre un service ?

— C'est à moi que vous demandez ça ?

— Viens me chercher vers midi et demi et nous déjeunerons ensemble.

Pas à la Brasserie Dauphine, où ils ne passeraient pas inaperçus.

— Au fait, ne remets pas les pieds ici, évite d'aller faire le tour des bureaux et attends-moi plutôt devant le métro Châtelet.

Ils avaient déjeuné dans un restaurant de la rue Saint-Antoine et le commissaire avait expliqué à Mazet ce qu'il attendait de lui.

Il valait mieux, pour la vraisemblance, qu'il ne soit pas amené à la P.J. par quelqu'un du Quai des Orfèvres mais par des inspecteurs du XVIIIe arrondissement et le commissaire avait aussitôt pensé à Lognon. Qui sait ? Cela donnerait peut-être une chance à celui-ci. Au lieu de patrouiller les rues de Montmartre, il se trouverait mêlé plus intimement à l'enquête.

— Choisissez un de vos collègues qui ne parlera pas.

Lognon avait choisi Alfonsi.

Et la comédie s'était déroulée avec plein succès quant à la presse puisque tous les journaux parlaient déjà d'une arrestation sensationnelle.

Maigret répétait au juge Coméliau :

— Ils ont assisté à certaines allées et venues et en ont tiré eux-mêmes les conclusions. Ni moi ni mes collaborateurs ne leur avons rien dit. Au contraire, nous avons nié.

C'était rare de voir un sourire, même ironique, sur le visage du juge Coméliau.

— Et si, ce soir ou demain, les gens ne prenant plus leurs précautions à cause de cette arrestation — ou de cette fausse arrestation — un nouveau crime est commis ?

— J'y ai pensé. D'abord, les soirs qui vont suivre tous les hommes disponibles dans nos services et au commissariat du XVIIIe surveilleront étroitement le quartier.

— Cela a été fait sans résultat, il me semble ?

C'était vrai. Mais ne fallait-il donc rien tenter ?

— J'ai pris une autre précaution. Je suis allé voir le préfet de police.

— Sans m'en parler ?

— Comme je vous l'ai dit, je tiens à porter seul la responsabilité de ce qui peut arriver. Je ne suis qu'un policier. Vous êtes un magistrat.

Le mot fit plaisir à Coméliau qui, du coup, soigna davantage son attitude.

— Qu'avez-vous demandé au préfet ?

— L'autorisation d'utiliser, comme volontaires, un certain nombre de femmes appartenant à la police municipale.

Ce corps auxiliaire, d'une façon générale, ne s'occupait que de l'enfance et de la prostitution.

— Il en a fait réunir un certain nombre répondant à des conditions déterminées.

— Par exemple ?

— La taille et l'embonpoint. J'ai choisi, parmi les volontaires, celles qui se rapprochent le plus du type physique des cinq victimes. Comme elles, elles seront habillées d'une façon quelconque. Elles auront l'air de se rendre, comme des femmes du quartier, d'un endroit à un autre et certaines porteront un paquet, ou un cabas.

— En somme, vous tendez un piège.

— Toutes celles que j'ai choisies ont suivi des cours de culture physique et ont été entraînées au judo.

Coméliau était quand même un peu nerveux.

— J'en parle au procureur général ?

— Il vaudrait mieux pas.

— Savez-vous, commissaire, que je n'aime pas ça du tout ?

Alors, Maigret de répondre avec une candeur désarmante :

— Moi non plus, monsieur le juge !

C'était vrai.

Ne fallait-il pas essayer, par tous les moyens, d'empêcher l'hécatombe de continuer ?

— Officiellement, je ne suis pas au courant, n'est-ce pas ? fit le magistrat en reconduisant son visiteur à la porte.

— Vous ne savez absolument rien.

Et Maigret aurait préféré que cela fût vrai.

3

Un quartier en état de siège

Le Baron qui, comme reporter, fréquentait la P.J. depuis presque autant d'années que Maigret, le petit Rougin, tout jeune mais déjà plus ficelle que ses confrères, quatre ou cinq autres de moindre envergure, dont Maguy, la plus dangereuse parce qu'elle n'hésitait pas à pousser d'un air innocent les portes qu'on n'avait pas la précaution de fermer à clef ou à ramasser les papiers qui traînaient, un ou deux photographes, davantage à un certain moment, passèrent une bonne partie de la journée dans le couloir du Quai des Orfèvres dont ils avaient fait leur quartier général.

Parfois le gros du lot disparaissait pour aller se rafraîchir à la Brasserie Dauphine ou pour téléphoner, mais ils laissaient toujours quelqu'un en permanence, de sorte que la porte du bureau de Maigret ne resta pas sans surveillance.

Rougin, lui, avait eu l'idée de placer en outre un homme de son journal derrière Lognon qui se trouva filé dès le moment où, le matin, il quitta son domicile de la place Constantin-Pecqueur.

Ces gens-là, selon leur expression, connaissaient la musique, avaient presque autant d'expérience des choses de la police qu'un inspecteur chevronné.

43

Pas un ne se douta, pourtant, de l'opération qui se déroulait presque sous leurs yeux, de la sorte de mise en place géante qui avait commencé aux premières heures du jour, bien avant la visite de Maigret chez le juge Coméliau.

Par exemple, des inspecteurs qui appartenaient à des arrondissements éloignés comme le XIIe, le XIVe ou le XVe étaient partis de chez eux avec des vêtements différant de leurs vêtements de tous les jours, certains d'entre eux en emportant une valise, voire une malle, et ils avaient pris, selon les instructions reçues, la précaution de se rendre avant tout dans une des gares de la capitale.

La chaleur était aussi pénible que la veille, la vie au ralenti, sauf dans les quartiers fréquentés par les touristes. Un peu partout on voyait défiler des cars bourrés d'étrangers et on entendait la voix des guides.

Dans le XVIIIe, plus spécialement dans le secteur où les cinq crimes avaient été commis, des taxis s'arrêtaient devant les hôtels, les meublés, des gens en descendaient, que leurs bagages désignaient comme venant de la province et qui demandaient une chambre, insistaient presque toujours pour qu'elle donne sur la rue.

Tout cela s'effectuait selon un plan précis et certains des inspecteurs avaient reçu l'ordre de se faire accompagner de leur femme.

Il était rare qu'on ait à prendre de telles précautions. Mais, cette fois, pouvait-on faire confiance à qui que ce fût ? On ne savait rien du tueur. C'était encore un côté de la question que Maigret et le professeur Tissot avaient discuté au cours de la soirée chez Pardon.

— En somme, en dehors de ses crises, il se comporte nécessairement en homme normal, sinon ses bizarreries auraient déjà attiré l'attention de son entourage.

— Nécessairement, comme vous dites, avait

approuvé le psychiatre. Il est même probable que, par son aspect, par ses attitudes, par sa profession, c'est l'être qu'on soupçonnerait le moins.

Il ne s'agissait pas d'un obsédé sexuel quelconque, car on connaissait ceux-ci et, depuis le 2 février, ils avaient été surveillés sans résultat. Ce n'était pas non plus une de ces épaves ou un de ces êtres inquiétants sur qui on se retourne dans la rue.

Qu'avait-il fait jusqu'à son premier crime ? Que faisait-il entre ceux-ci ?

Etait-ce un solitaire, vivant dans quelque logement ou dans quelque meublé ?

Maigret aurait juré que non, que c'était un homme marié, menant une vie régulière, et Tissot aussi penchait pour cette hypothèse.

— Tout est possible, avait soupiré le professeur. On me dirait que c'est un de mes confrères que je ne protesterais pas. Cela peut être n'importe qui, un ouvrier, un employé, un petit commerçant ou un homme d'affaires important.

Cela pouvait donc être aussi un des tenanciers d'hôtels que les inspecteurs envahissaient et voilà pourquoi on ne pouvait pas, comme la plupart du temps, arriver chez eux et annoncer :

— Police ! Donnez-moi une chambre sur la rue et pas un mot à qui que ce soit.

Il valait mieux ne pas se fier aux concierges non plus. Ni aux indicateurs dont on disposait dans le quartier.

Quand Maigret regagna son bureau en quittant Coméliau, il fut assailli comme la veille par les journalistes.

— Vous avez eu une conférence avec le juge d'instruction ?

— Je lui ai rendu visite, ainsi que je le fais chaque matin.

— Vous l'avez mis au courant de l'interrogatoire d'hier ?

— Nous avons bavardé.

— Vous ne voulez toujours rien dire ?

— Je n'ai rien à dire.

Il passa chez le chef. Le rapport était terminé depuis assez longtemps. Le grand patron, lui aussi, était soucieux.

— Coméliau n'a pas exigé que vous renonciez ?

— Non. Bien entendu, en cas de pépin, il me laissera tomber.

— Vous avez toujours confiance ?

— Il faut bien.

Maigret ne tentait pas cette expérience-là de gaieté de cœur et il se rendait compte des responsabilités qu'il encourait.

— Vous croyez que les reporters marcheront jusqu'au bout ?

— Je fais l'impossible pour cela.

D'habitude il travaillait en collaboration cordiale avec la presse qui n'est pas sans rendre de précieux services. Cette fois, il n'avait pas le droit de risquer une indiscrétion involontaire. Même les inspecteurs qui envahissaient le quartier des Grandes-Carrières ignoraient encore ce qui se tramait exactement. Ils avaient reçu l'ordre d'agir de telle façon, de se poster à tel endroit et d'attendre les instructions. Ils se doutaient, bien entendu, qu'il s'agissait du tueur mais ne savaient rien de l'ensemble de l'opération.

— Vous le croyez intelligent ? avait demandé, la veille au soir, Maigret au professeur Tissot.

Il avait son idée là-dessus, mais il aimait en recevoir confirmation.

— De la sorte d'intelligence que possèdent la plupart de ces gens-là. Par exemple, il doit être capable, d'instinct, de jouer la comédie d'une façon supérieure. A supposer qu'il soit marié, il est obligé, par exemple, de reprendre son aspect normal, sans parler de son sang-froid, quand il rentre chez lui après un de ses crimes. S'il est célibataire, il n'en rencontre pas moins d'autres gens, ne fût-ce que sa logeuse ou sa concierge, sa femme de ménage, que sais-je ? Le lendemain, il se rend à son bureau, à son atelier, et il y a nécessairement des gens qui lui parlent du tueur de Montmartre. Or, en six mois, personne ne l'a soupçonné.

» En six mois il ne s'est pas non plus trompé une seule fois sur l'élément temps, et l'élément lieu. Nul témoin ne peut affirmer l'avoir vu en action, ou même fuyant le lieu d'un de ses crimes.

Cela avait amené une question qui troublait le commissaire.

— J'aimerais avoir votre avis sur un point précis. Vous venez de dire qu'il se comporte la plupart du temps comme un homme normal et, sans doute, pense-t-il alors plus ou moins en homme normal ?

— Je comprends. C'est probable.

— Par cinq fois, il a eu ce que j'appellerai une crise, par cinq fois il est sorti de sa normalité pour tuer. A quel moment se place l'impulsion ? Voyez-vous ce que je veux dire ? A quel moment cesse-t-il de se comporter comme vous et moi pour se comporter en tueur ? Cela le prend-il n'importe quand, au cours de la journée, et attend-il que la nuit tombe en préparant son plan d'action ? Au contraire, l'impulsion ne lui vient-elle qu'à l'instant où l'occasion se présente, à l'instant où, passant dans une rue déserte, il aperçoit une victime possible ?

Pour lui, la réponse était d'une importance capitale car elle pouvait restreindre ou élargir le champ des recherches.

Si l'impulsion venait au moment de tuer, l'homme vivait forcément dans le quartier des Grandes-Carrières ou dans les environs, y était appelé, en tout cas, le soir, soit par sa profession, soit pour d'autres raisons banales.

Dans le cas contraire, il était possible qu'il

vienne de n'importe où, qu'il ait choisi les rues allant de la place Clichy à la rue Lamarck et à la rue des Abbesses pour des raisons d'opportunité ou pour des raisons connues de lui seul.

Tissot avait réfléchi un bon moment avant de prendre la parole.

— Je ne puis évidemment établir un diagnostic comme si j'avais le patient devant moi...

Il avait dit « patient » comme s'il s'agissait d'un de ses malades et le mot, qui n'échappa pas au commissaire, lui fit plaisir. Cela lui confirmait qu'ils voyaient tous les deux le drame sous le même jour.

— A mon avis, cependant, pour user d'une comparaison, il y a un moment où il part en chasse, comme un fauve, comme un félin, ou tout simplement comme un chat. Vous avez déjà observé un chat ?

— Souvent quand j'étais jeune.

— Ses mouvements ne sont plus les mêmes. Il est ramassé sur lui-même et tous ses sens sont en éveil. Il devient capable de percevoir le moindre son, le moindre frémissement, la plus légère odeur à des distances considérables. Dès cet instant, il flaire les dangers et les évite.

— Je vois.

— C'est un peu comme si, lorsqu'il se trouve dans cet état-là, notre homme était doué de double vue.

— Rien ne vous permet, je suppose, d'émettre une hypothèse sur ce qui déclenche le mécanisme ?

— Rien. Cela peut être un souvenir, la vue d'une passante dans la foule, une bouffée de tel parfum, une phrase entendue au vol. Cela peut être n'importe quoi, y compris la vue d'un couteau ou d'une robe de telle couleur. S'est-on préoccupé de la couleur des vêtements portés par les victimes ? La presse n'en a pas parlé.

— Les couleurs étaient différentes, presque toutes assez neutres pour ne pas être remarquées dans la nuit.

Quand il rentra dans son bureau, il retira son veston comme la veille, sa cravate, ouvrit le col de sa chemise et, parce que le soleil frappait en plein son fauteuil, baissa le store écru. Après quoi il ouvrit la porte du bureau des inspecteurs.

— Tu es là, Janvier.

— Oui, patron.

— Rien de nouveau ? Pas de lettre anonyme ?

— Seulement des lettres de gens qui dénoncent leur voisin.

— Qu'on vérifie. Et qu'on m'amène Mazet.

Celui-ci n'avait pas couché au Dépôt mais était rentré chez lui en quittant le Palais de Justice par une petite porte. Depuis huit heures du matin, il avait dû reprendre sa place à la Souricière.

— Je descends moi-même ?

— Cela vaut mieux.

— Toujours pas de menottes ?

— Non.

Il ne voulait pas tricher à ce point-là vis-à-vis des journalistes. Qu'ils tirent, de ce qu'ils voyaient, les conclusions qu'ils voulaient. Maigret n'allait pas jusqu'à truquer les cartes.

— Allô ! Passez-moi le commissariat des Grandes-Carrières, s'il vous plaît... L'inspecteur Lognon... Allô ! Lognon ?... Rien de neuf, là-bas ?

— Quelqu'un m'attendait ce matin devant ma porte et m'a suivi. Il est maintenant en face du commissariat.

— Il ne se cache pas ?

— Non. Je crois que c'est un journaliste.

— Fais vérifier ses papiers. Tout se passe comme prévu ?

— J'ai trouvé trois chambres, chez des amis. Ils ignorent de quoi il s'agit. Vous voulez les adresses ?

— Non. Arrive ici dans trois quarts d'heure environ.

La même scène que la veille eut lieu dans le couloir quand Pierre Mazet fit son apparition entre deux inspecteurs, son chapeau toujours devant le visage. Les photographes opérèrent. Les journalistes lancèrent des questions qui restèrent sans réponse. Maguy parvint à faire tomber le chapeau qu'elle ramassa sur le plancher tandis que l'ex-colonial se cachait de ses deux mains.

La porte se referma et le bureau de Maigret ne tarda pas à prendre l'aspect d'un poste de commandement.

La mise en place continuait, silencieusement, là-haut, dans les rues paisibles de Montmartre où maintes boutiques étaient fermées pour quinze jours ou pour un mois à cause des vacances.

Plus de quatre cents personnes avaient un rôle à jouer, non seulement les guetteurs dans les hôtels et dans les quelques appartements dont on avait pu disposer sans danger d'indiscrétion, mais celles qui allaient occuper des postes déterminés aux stations de métro, aux arrêts d'autobus, dans les moindres bistrots et restaurant ouverts le soir.

Afin que cela n'eût pas l'air d'un envahissement, on procédait par étapes.

Les femmes auxiliaires, elles aussi, recevaient, par téléphone, des instructions détaillées et, comme dans un quartier général, des plans étaient étalés, sur lesquels les positions de chacun étaient notées.

Vingt inspecteurs, parmi ceux qui ne paraissent pas d'habitude en public, avaient loué, non seulement à Paris, mais dans la banlieue et jusqu'à Versailles, des autos aux plaques innocentes qui stationneraient en temps voulu à des endroits stratégiques où elles ne se remarqueraient pas parmi les autres voitures.

— Fais monter de la bière, Lucas.

— Sandwiches ?

— Cela vaut mieux.

Pas seulement à cause des journalistes, pour faire croire à un nouvel interrogatoire, mais parce qu'ils étaient tous occupés et que personne n'aurait le temps d'aller déjeuner.

Lognon arriva à son tour, toujours avec sa cravate rouge et son chapeau de paille. A première vue, on se demandait ce qu'il y avait de changé en lui et on était surpris de constater à quel point la couleur d'une cravate peut transformer un homme. Il avait l'air presque guilleret.

— Ton type t'a suivi ?

— Oui. Il est dans le couloir. C'est bien un reporter.

— Il en est resté aux alentours du commissariat ?

— Il y en a un d'installé dans le commissariat même.

Un premier journal en parla aux environs de midi. Il répétait les informations des feuilles du matin en ajoutant que la fièvre des grands jours continuait à régner au Quai des Orfèvres mais que le secret le plus absolu entourait toujours l'homme qu'on avait arrêté.

Si la police l'avait pu, disait-on entre autres, *elle aurait sans doute muni son prisonnier d'un masque de fer.*

Cela amusa Mazet. Il aidait les autres, donnait, lui aussi, des coups de téléphone, traçait, sur le plan, des croix au crayon bleu ou rouge, tout heureux de respirer à nouveau l'atmosphère de la maison où il se sentait déjà chez lui.

L'atmosphère changea quand le garçon de la Brasserie Dauphine frappa à la porte car, même pour lui, il était nécessaire de jouer la comédie, après quoi on se précipita sur les demis et les sandwiches.

Les journaux de l'après-midi ne publiaient

aucun message du meurtrier, qui ne semblait pas avoir l'intention de s'adresser à la presse.

— Je me repose un moment, mes enfants. J'aurai besoin, ce soir, d'être frais et dispos.

Maigret traversa la pièce des inspecteurs, entra dans un petit bureau désert où il s'installa dans un fauteuil et, quelques minutes plus tard, il était assoupi.

Vers trois heures, il renvoya Mazet à la Souricière et ordonna à Janvier et à Lucas de se reposer tour à tour. Quant à Lapointe, vêtu d'une combinaison bleue, il se promenait dans les rues du quartier des Grandes-Carrières au volant d'un triporteur. La casquette sur l'oreille, la cigarette collée à la lèvre inférieure, il paraissait dix-huit ans et, de temps en temps, de quelque bistrot où il s'arrêtait pour un blanc-vichy, il téléphonait au quartier général.

A mesure que le temps passait, tout le monde commençait à s'énerver et Maigret lui-même perdait un peu de son assurance.

Rien n'indiquait que quelque chose se passerait ce soir-là. Même si l'homme décidait de tuer à nouveau pour s'affirmer, cela pouvait se passer le lendemain soir, le surlendemain, dans huit ou dans dix jours et il était impossible de maintenir longtemps des effectifs aussi importants en alerte.

Il était impossible aussi de garder, pendant une semaine, un secret partagé par tant de monde.

Et si l'homme décidait d'agir tout de suite ?

Maigret avait toujours en tête sa conversation avec le professeur Tissot et des bribes lui en revenaient à chaque instant.

A quel moment l'impulsion lui viendrait-elle ? A cette heure-ci, pendant qu'on était occupé à tendre le piège, il n'était, pour tous ceux qui l'approchaient, qu'un homme comme les autres. Des gens lui parlaient, le servaient sans doute à table, lui serraient la main. Il parlait aussi, souriait, riait peut-être.

Est-ce que le déclic avait déjà eu lieu ? S'était-il produit dès le matin, à la lecture des journaux ?

N'allait-il pas plutôt se dire que, puisque la police croyait tenir un coupable, elle cesserait les recherches et qu'ainsi il était en sûreté ?

Qu'est-ce qui prouvait que Tissot et le commissaire ne s'étaient pas trompés, qu'ils n'avaient pas mal jugé de la réaction de celui que le professeur avait appelé le « patient » ?

Jusqu'ici, il n'avait tué que le soir, attendant que la nuit soit tombée. Mais, à cette heure même, à cause des vacances, de la chaleur, il existait dans Paris des quantités de rues où plusieurs minutes s'écoulaient sans qu'on aperçoive un passant.

Maigret se souvenait des rues du Midi, l'été, à l'heure de la sieste, avec leurs volets clos, de l'engourdissement quotidien de tout un village ou de toute une ville sous un soleil pesant.

Aujourd'hui même, il y avait, dans Montmartre, des rues presque semblables.

Or, la police avait procédé à un certain nombre de reconstitutions.

A chacun des endroits où un crime avait été commis, la topographie était telle que le meurtrier avait pu disparaître dans un minimum de temps. Un temps plus court la nuit que le jour, certes. Mais, même en plein jour, dans des circonstances favorables, il pouvait tuer, lacérer les vêtements de sa victime et s'éloigner en moins de deux minutes.

D'ailleurs pourquoi cela se passerait-il nécessairement dans la rue ? Qu'est-ce qui l'empêchait de frapper à la porte d'un appartement où il savait trouver une femme seule et d'agir alors comme il le faisait sur la voie publique ? Rien, sinon que les maniaques — comme la plupart des criminels et même des voleurs — emploient *presque toujours* une même technique et se répètent dans les moindres détails.

Il ferait jour jusqu'aux environs de neuf heures, la nuit ne serait vraiment obscure qu'aux alentours de neuf heures et demie. La lune, à son troisième quartier, ne serait pas trop brillante et il y avait des chances qu'elle fût voilée, comme la veille, par des nuages de chaleur.

Tous ces détails-là avaient leur importance.

— Ils sont toujours dans le couloir ?

— Seulement le Baron.

Ils s'arrangeaient entre eux, parfois, pour que l'un monte la garde et alerte ses confrères en cas d'événement.

— A six heures, chacun s'en ira comme d'habitude, sauf Lucas, qui restera ici en permanence et que Torrence rejoindra vers huit heures.

Avec Janvier, Lognon et Mauvoisin, Maigret alla prendre l'apéritif à la Brasserie Dauphine.

A sept heures, il rentra chez lui et dîna, la fenêtre ouverte sur le boulevard Richard-Lenoir qui était plus calme qu'à aucun autre moment de l'année.

— Tu as eu chaud ! remarqua Mme Maigret en regardant sa chemise. Si tu sors, tu ferais mieux de te changer.

— Je sors.

— Il n'a pas avoué ?

Il préféra ne pas répondre, car il n'aimait pas lui mentir.

— Tu rentreras tard ?

— C'est plus que probable.

— Espères-tu toujours que, cette affaire-là finie, nous pourrons prendre des vacances ?

Il avait été question, au cours de l'hiver, d'un séjour en Bretagne, à Beuzec-Conq, près de Concarneau, mais, comme cela arrivait presque chaque année, les vacances étaient repoussées de mois en mois.

— Peut-être ! soupira Maigret.

Sinon, cela signifierait que son coup était raté, que le tueur avait passé à travers les mailles du filet, ou qu'il n'avait pas réagi comme Tissot et lui l'avaient escompté. Cela signifierait aussi de nouvelles victimes, l'impatience du public et de la presse, l'ironie ou la fureur du juge Coméliau, voire, comme cela se produit trop souvent, des interpellations à la Chambre et des explications à fournir en haut lieu.

Cela signifierait surtout des femmes mortes, des femmes petites et boulottes, à l'aspect de braves ménagères qui s'en vont faire une course ou rendre une visite le soir dans leur quartier.

— Tu parais fatigué.

Il n'était pas pressé de partir. Il traînait, le dîner fini, dans son appartement, fumant sa pipe, hésitant à se servir un petit verre de prunelle, se campant parfois devant la fenêtre à laquelle il finit par s'accouder.

Mme Maigret ne le dérangea plus. Quand il chercha son veston, seulement, elle lui apporta une chemise fraîche qu'elle l'aida à passer. Il essaya d'agir aussi discrètement que possible, mais elle ne le vit pas moins ouvrir un tiroir et y saisir son automatique qu'il glissa dans sa poche.

Cela ne lui arrivait pas souvent. Il n'avait aucune envie de tuer, même un être aussi dangereux que celui-là. Il n'en avait pas moins donné l'ordre à tous ses collaborateurs d'être armés et de protéger les femmes *à tout prix*.

Il ne retourna pas au Quai. Il était neuf heures quand il arriva au coin du boulevard Voltaire où une voiture qui n'appartenait pas à la police l'attendait, avec un homme au volant. L'homme, attaché au commissariat du XVIIIe, portait un uniforme de chauffeur.

— On y va, patron ?

Maigret s'installa sur la banquette du fond, déjà

noyé par la pénombre, et la voiture, ainsi, avait l'air d'une de ces voitures que les touristes louent à la journée près de la Madeleine ou de l'Opéra.

— Place Clichy ?

— Oui.

Durant le parcours, il ne dit pas un mot, se contenta, place Clichy, de grommeler :

— Monte la rue Caulaincourt, pas trop vite, comme si tu cherchais à lire les numéros des maisons.

Aux environs des boulevards, les rues étaient assez animées et, un peu partout, aux fenêtres, des gens prenaient le frais. Il y avait du monde aussi, plus ou moins débraillé, à la terrasse des moindres cafés et la plupart des restaurants servaient leurs clients sur le trottoir.

Il paraissait impossible qu'un crime se commette dans ces conditions-là, et pourtant les conditions étaient presque les mêmes lorsque Georgette Lecoin, la dernière en date des victimes, avait été tuée rue Tholozé, à moins de cinquante mètres d'un bal musette dont l'enseigne au néon rouge éclairait le trottoir.

Pour qui connaissait le quartier à fond, il existait, tout près des artères animées, cent ruelles désertes, cent recoins où un attentat pouvait se commettre presque sans danger.

Deux minutes. On avait calculé qu'il ne fallait que deux minutes au tueur et, s'il était vif, il lui en fallait peut-être moins encore.

Qu'est-ce qui le poussait, son crime commis, à lacérer les vêtements de la victime ?

Il ne touchait pas celle-ci. Il n'était pas question, pour lui, comme dans certains cas connus, de mettre à découvert les parties sexuelles. Il lacérait le tissu à grands coups de couteau, pris d'une sorte de rage, comme un enfant s'acharne sur une poupée ou piétine un jouet.

Tissot en avait parlé aussi, mais avec réticence.

On le sentait tenté d'adopter certaines théories de Freud et de ses disciples, mais on aurait dit que cela lui semblait trop facile.

— Il faudrait connaître son passé, y compris son enfance, retrouver le choc initial, qu'il a peut-être lui-même oublié...

Chaque fois qu'il pensait ainsi au meurtrier, Maigret était pris d'une impatience fébrile. Il avait hâte de pouvoir imaginer un visage, des traits précis, une silhouette humaine au lieu de cette sorte d'entité vague que d'aucuns appelaient le tueur, ou le dément, ou encore le monstre, que Tissot, enfin, involontairement, comme on commet un lapsus, avait appelé un patient.

Il rageait de sa propre impuissance. C'était presque un défi personnel qu'on lui lançait.

Il aurait voulu se trouver face à face avec l'homme, n'importe où, le regarder bien en face, les yeux dans les yeux, lui ordonner :

— Maintenant, parle...

Il avait besoin de savoir. L'attente l'angoissait, l'empêchait de porter toute son attention à des détails matériels.

Machinalement, certes, il repérait ses hommes aux divers endroits où il les avait postés. Il ne les connaissait pas tous. Beaucoup ne dépendaient pas de son service. Il n'en savait pas moins que telle silhouette derrière le rideau d'une fenêtre correspondait à tel nom, que telle femme qui passait, essoufflée, se rendant Dieu sait où d'une démarche saccadée à cause de ses talons trop hauts, était une des auxiliaires.

Depuis février, depuis son premier crime, l'homme avait chaque fois retardé l'heure de ses attentats, passant de huit heures du soir à neuf heures quarante-cinq. Mais maintenant que les jours raccourcissaient au lieu de s'allonger, que la nuit tombait plus tôt ?

D'un moment à l'autre, on pouvait entendre le

cri d'un passant heurtant dans l'obscurité un corps étendu sur le trottoir. C'était ainsi que la plupart des victimes avaient été découvertes, presque toujours après quelques minutes, une seule fois, selon le médecin légiste, après un quart d'heure environ.

L'auto avait dépassé la rue Lamarck, était entrée dans un secteur où, jusqu'ici, il ne s'était rien passé.

— Qu'est-ce que je fais, patron ?

— Continue et reviens par la rue des Abbesses.

Il aurait pu rester en contact avec certains de ses collaborateurs en prenant une voiture radio, mais celle-ci aurait été trop visible.

Qui sait si, avant chaque attentat, l'homme n'épiait pas les allées et venues du quartier pendant des heures ?

Presque toujours, on sait qu'un assassin appartient à telle ou telle catégorie ; même si on ne possède pas son signalement, on a une idée de son aspect général, du milieu social dans lequel il évolue.

— Faites qu'il n'y ait pas de victime ce soir !

C'était une prière comme il en faisait, enfant, avant de s'endormir. Il ne s'en rendait même pas compte.

— Vous avez vu ?

— Quoi ?

— L'ivrogne, près du bec de gaz.

— Qui est-ce ?

— Un de mes copains, Dutilleux. Il adore se déguiser, surtout en ivrogne.

A dix heures moins le quart, il ne s'était rien passé.

— Arrête-toi devant la Brasserie Pigalle.

Maigret commanda un demi en passant, s'enferma dans la cabine, appela la P.J. Ce fut Lucas qui répondit.

— Rien ?

— Encore rien. Une fille publique, seulement,

qui se plaint d'avoir été houspillée par un matelot étranger.

— Torrence est avec toi ?

— Oui.

— Le Baron ?

— Il doit être allé se coucher.

L'heure à laquelle le dernier crime avait été commis était passée. Cela signifiait-il que l'homme se préoccupait moins de l'obscurité que de l'heure ? Ou encore que la fausse arrestation n'avait eu aucun effet sur lui ?

Maigret eut un sourire ironique en regagnant la voiture et c'est à lui-même que s'adressait l'ironie. Qui sait ? Celui qu'il traquait de la sorte dans les rues de Montmartre était peut-être, en ce moment, en vacances sur une plage du Calvados ou à la campagne, dans une pension de famille.

Le découragement s'emparait de lui, soudain, pour ainsi dire d'une seconde à l'autre. Ses efforts, ceux de ses collaborateurs lui paraissaient vains, presque ridicules.

Sur quoi toute cette mise en scène, qui avait pris tant de temps à monter, était-elle basée ? Sur rien. Sur moins que rien. Sur une sorte d'intuition qu'il avait eue après un bon dîner, en bavardant, dans un paisible salon de la rue Picpus, avec le professeur Tissot.

Mais Tissot lui-même n'aurait-il pas été effaré en apprenant le sort que le commissaire avait fait à une conversation en l'air ?

Et si l'homme n'était nullement poussé par l'orgueil, par le besoin de s'affirmer ?

Même tous ces mots-là, qu'il avait prononcés comme s'il faisait une découverte, n'étaient pas maintenant sans l'écœurer.

Il y avait trop pensé. Il avait trop travaillé le problème. Il n'y croyait plus, en venait presque à douter de la réalité du tueur.

— Où, patron ?

— Où tu voudras.

L'étonnement qu'il lut dans les yeux de l'homme tourné vers lui lui fit prendre conscience de son propre découragement et il en eut honte. Il n'avait pas le droit, devant ses collaborateurs, de perdre la foi.

— Monte la rue Lepic jusqu'en haut.

Il passa devant le Moulin de la Galette et regarda l'endroit exact du trottoir où on avait retrouvé le corps de la sage-femme Joséphine Simmer.

La réalité était donc là. Cinq crimes avaient été commis. Et le tueur était toujours en liberté, peut-être prêt à frapper de nouveau.

Est-ce que la femme d'une quarantaine d'années, sans chapeau, qui descendait la rue à petits pas, en tirant un caniche au bout d'une laisse, n'était pas une des auxiliaires ?

Il y en avaient d'autres, dans les rues d'alentour, qui risquaient leur vie à l'instant même. Elles étaient volontaires. Ce n'en était pas moins lui qui leur avait assigné leur tâche. C'était à lui de les protéger.

Toutes les dispositions avaient-elles été prises ?

L'après-midi, sur le papier, le plan lui avait semblé parfait. Chaque secteur considéré comme dangereux était surveillé. Les auxiliaires étaient sur leurs gardes. Des guetteurs invisibles se tenaient prêts à intervenir.

Mais aucun coin n'avait-il été oublié ? Quelqu'un, pendant ne fût-ce qu'une minute, ne relâcherait-il pas sa surveillance ?

Après le découragement, c'était le trac qui s'emparait de lui et peut-être, si cela avait encore été possible, aurait-il ordonné de tout arrêter.

L'expérience n'avait-elle pas assez duré ? Il était dix heures. Il ne s'était rien produit. Il ne se produirait plus rien et cela valait mieux ainsi.

Place du Tertre, aux allures de fête foraine, il y avait foule autour des petites tables où l'on servait du vin rosé et des musiques éclataient dans tous les coins, un homme mangeait du feu, un autre, dans le vacarme, s'obstinait à jouer sur son violon un air de 1900. Or, à moins de cent mètres, les ruelles étaient désertes et le tueur pouvait agir sans danger.

— Redescends.

— Par le même chemin ?

Il aurait mieux fait de s'en tenir aux méthodes habituelles, même si elles étaient lentes, même si elles n'avaient rien donné pendant six mois.

— Dirige-toi vers la place Constantin-Pecqueur.

— Par l'avenue Junot ?

— Si tu veux.

Quelques couples marchaient lentement sur les trottoirs, bras dessus bras dessous, et Maigret en aperçut un, bouche à bouche, les yeux clos, dans une encoignure, juste en dessous d'un bec de gaz.

Deux cafés étaient encore ouverts, place Constantin-Pecqueur, et il n'y avait pas de lumière aux fenêtres de Lognon. Celui-ci, qui connaissait le mieux le quartier, arpentait les rues, à pied, comme un chien de chasse bat les broussailles et un instant le commissaire l'imagina avec la langue pendante et le souffle brûlant d'un épagneul.

— Quelle heure ?

— Dix heures dix. Plus exactement dix heures neuf.

— Chut...

Ils tendirent l'oreille, eurent l'impression d'entendre des pas de gens qui courent, plus haut, vers l'avenue Junot qu'ils venaient de descendre.

Avant les pas, il y avait eu autre chose, un coup de sifflet, peut-être deux.

— Où est-ce ?

— Je ne sais pas.

Il était difficile de se rendre compte de la direction exacte d'où venaient les sons.

Comme ils étaient encore à l'arrêt, une petite

auto noire, une de celles de la P.J., les frôla, piquant à toute allure vers l'avenue Junot.

— Suis-la.

D'autres voitures en stationnement, qui paraissaient inoccupées quelques minutes plus tôt, s'étaient mises en mouvement, fonçant toutes dans la même direction, et deux autres coups de sifflet déchirèrent l'air, plus proches, cette fois, car l'auto de Maigret avait déjà parcouru cinq cents mètres.

On entendait des voix d'hommes et de femmes. Quelqu'un courait sur un trottoir et une autre silhouette dégringolait les escaliers de pierre.

Il s'était enfin passé quelque chose.

4

Le rendez-vous de l'auxiliaire

Tout fut si confus, d'abord, dans les rues mal éclairées, qu'il fut impossible de savoir ce qui se passait et ce n'est que beaucoup plus tard, en recollant des témoignages eux-mêmes plus ou moins exacts, qu'on put se faire une idée d'ensemble.

Maigret, dont le chauffeur fonçait à toute allure dans des ruelles en pente qui, la nuit, prenaient l'aspect d'un décor de théâtre, ne savait plus exactement où il se trouvait, sinon qu'on se rapprochait de la place du Tertre dont il lui semblait entendre vaguement les musiques.

Ce qui ajoutait à la confusion, c'est qu'il y avait mouvement dans les deux sens. Des autos, des gens qui couraient — sans doute pour la plupart des policiers — convergeaient vers un point qui semblait être quelque part dans la rue Norvins, tandis que d'autres silhouettes, au contraire, une bicyclette non éclairée, deux voitures, puis trois, se précipitaient en sens inverse.

— Par là ! criait quelqu'un. Je l'ai vu passer...

On poursuivait un homme et c'était peut-être un de ceux que le commissaire avait aperçus. Il crut aussi, dans un petit personnage qui courait très vite et qui avait perdu son chapeau, reconnaître l'inspecteur Malgracieux, mais il ne put en être sûr.

Ce qui comptait pour lui, en ce moment, était de savoir si le tueur avait réussi, si une femme était morte et, quand il aperçut enfin un groupe d'une dizaine de personnes dans l'ombre d'un trottoir, c'est à terre qu'il regarda d'abord avec anxiété.

Il n'eut pas l'impression que les gens étaient penchés vers le sol. Il les voyait gesticuler et déjà, au coin d'une ruelle, un agent en uniforme, jailli Dieu sait d'où, essayait d'arrêter les curieux qui affluaient de la place du Tertre.

Quelqu'un qui surgissait de l'obscurité s'approcha de lui comme il sortait de l'auto.

— C'est vous, patron ?

Les rayons d'une torche électrique cherchèrent son visage, comme si chacun se méfiait de chacun.

— Elle n'est pas blessée.

Il fut un certain temps à reconnaître celui qui lui parlait ainsi, un inspecteur de ses services, pourtant.

— Que s'est-il passé ?

— Je ne sais pas au juste. L'homme a pu s'enfuir. On est à sa poursuite. Cela m'étonnerait qu'il parvienne à s'échapper avec tout le quartier en état de siège.

Enfin, il atteignit le noyau de cette agitation, une femme vêtue d'une robe bleue assez claire qui lui rappela quelque chose et dont la poitrine se soulevait encore à un rythme précipité. Elle recommençait à sourire, du sourire tremblant de ceux qui viennent de l'échapper belle.

Elle reconnut Maigret.

— Je m'excuse de n'être pas parvenue à le maîtriser, dit-elle. Je me demande encore comment il a pu me glisser des mains.

Elle ne savait plus à qui elle avait déjà raconté le début de son aventure.

— Tenez ! Un des boutons de son veston m'est resté dans la main.

Elle le tendait au commissaire, une petite chose lisse et sombre, avec encore du fil et peut-être un peu de tissu qui y restait attaché.

— Il vous a attaquée ?

— Comme je passais devant cette allée.

Une sorte de couloir absolument noir, sans porte, débouchait sur la rue.

— J'étais aux aguets. En apercevant l'allée, j'ai eu comme une intuition et j'ai dû faire un effort pour continuer à marcher du même pas.

Maigret, maintenant, croyait la reconnaître, reconnaître en tout cas le bleu de la robe. N'était-ce pas la même fille qu'il avait aperçue tout à l'heure dans une encoignure, collée à un homme, les lèvres soudées aux lèvres de celui-ci ?

— Il m'a laissée dépasser l'ouverture et, juste alors, j'ai senti un mouvement, l'air qui bougeait derrière moi. Une main a essayé de me saisir la gorge et, je ne sais comment, j'ai réussi une prise de judo.

Le bruit avait dû courir, place du Tertre, de ce qui venait de se passer et la plupart des noctambules abandonnaient les tables couvertes de nappes à carreaux rouges, les lanternes véni-tiennes, les carafes de vin rosé pour se précipiter dans une même direction. L'agent en uniforme était débordé. Un car de police montait de la rue Caulaincourt. On allait essayer de canaliser la foule.

Combien d'inspecteurs étaient-ils, dans les rues voisines, aux détours imprévisibles, aux recoins multiples, à traquer le fuyard ?

Maigret eut l'impression que, de ce point de vue-là tout au moins, la partie était d'ores et déjà per-due. Une fois de plus, le tueur avait eu un trait de génie, celui d'opérer à moins de cent mètres d'une sorte de foire, sachant bien que, l'alerte donnée, la foule ne manquerait pas de jeter la pagaille.

Autant qu'il s'en souvînt — il ne prit pas le temps de consulter son plan de bataille — c'était Mauvoisin qui devait se trouver à la tête du secteur et qui, par conséquent, était occupé à diriger les opérations. Il le chercha des yeux, ne le vit pas.

La présence du commissaire n'était d'aucune utilité. Le reste, maintenant, était plutôt une question de chance.

— Montez dans ma voiture, dit-il à la jeune fille.

Il reconnaissait une des auxiliaires et cela le chiffonnait toujours de l'avoir aperçue un peu plus tôt dans les bras d'un homme.

— Comment vous appelle-t-on ?
— Marthe Jusserand.
— Vous avez vingt-deux ans ?
— Vingt-cinq.

Elle était à peu près du même calibre physique que les cinq victimes du tueur, mais tout en muscles.

— A la P.J. ! commanda Maigret à son chauffeur.

Il valait mieux, pour lui, se tenir à l'endroit où toutes les informations aboutiraient fatalement que rester au milieu d'une agitation qui paraissait désordonnée.

Un peu plus loin, il aperçut Mauvoisin qui donnait des instructions à ses collaborateurs.

— Je rentre au Quai, lui lança-t-il. Qu'on me tienne au courant.

Une voiture radio arrivait à son tour. Deux autres, qui devaient croiser dans les environs, ne tarderaient pas à apporter du renfort.

— Vous avez eu peur ? demanda-t-il à sa compagne alors qu'ils atteignaient des rues où l'animation était normale.

La foule, place Clichy, sortait d'un cinéma. Les

cafés et les bars étaient éclairés, rassurants, avec encore des consommateurs aux terrasses.

— Pas tellement sur le moment, mais tout de suite après. J'ai même cru que mes jambes allaient flancher.

— Vous l'avez vu ?

— Un instant son visage a été tout près du mien et pourtant je me demande si je serais capable de le reconnaître. J'ai été pendant trois ans monitrice de culture physique avant de passer mon concours de la police. Je suis très forte, vous savez. J'ai fait du judo, comme les autres auxiliaires.

— Vous n'avez pas crié ?

— Je ne sais plus.

On devait apprendre plus tard, par l'inspecteur posté à la fenêtre d'un meublé assez proche, qu'elle n'avait appelé à l'aide qu'une fois son agresseur en fuite.

— Il porte un complet sombre. Ses cheveux sont châtain clair et il paraît assez jeune.

— Quel âge, à votre avis ?

— Je ne sais pas. J'étais trop émue. J'avais bien en tête ce que je devais faire en cas d'attaque mais, lorsque c'est arrivé, j'ai tout oublié. Je pensais au couteau qu'il avait à la main.

— Vous l'avez vu ?

Elle garda le silence pendant quelques secondes.

— Maintenant, je me demande si je l'ai vu ou si seulement j'ai cru le voir parce que je savais qu'il y était. Par contre, je jurerais que ses yeux sont bleus ou gris. Il paraissait souffrir. J'avais réussi une prise de l'avant-bras et je devais lui faire très mal. C'était une question de secondes avant qu'il soit obligé de ployer et de s'étaler sur le trottoir.

— Il a pu se dégager ?

— Il faut croire. Il m'a glissé des mains, je me demande encore comment. J'ai attrapé quelque chose, le bouton de son veston, et l'instant d'après je n'avais plus que ce bouton entre les doigts tandis qu'une silhouette s'éloignait en courant. Tout cela a été extrêmement rapide. A moi, évidemment, cela a semblé long.

— Vous ne voulez pas boire quelque chose pour vous remonter ?

— Je ne bois jamais. Mais je fumerais volontiers une cigarette.

— Je vous en prie.

— Je n'en ai pas. Il y a un mois, j'ai décidé de ne plus fumer.

Maigret fit arrêter la voiture au plus proche bureau de tabac.

— Quelle sorte ?

— Des américaines.

Cela devait être la première fois que le commissaire se trouvait acheter des cigarettes américaines.

Quai des Orfèvres, où il la fit monter devant lui, ils trouvèrent Lucas et Torrence chacun à un téléphone. Maigret leur adressa un signe interrogateur auquel, tour à tour, ils répondirent par une moue.

On n'avait pas encore attrapé l'homme.

— Asseyez-vous, mademoiselle.

— Je me sens tout à fait bien, à présent. Tant pis pour la cigarette. Ce sont les jours suivants qu'il va être dur de ne plus fumer.

Maigret répéta à Lucas, qui avait fini sa communication, le signalement qu'on venait de lui fournir.

— Transmets-le à tout le monde, y compris les gares.

Et, à la jeune fille :

— Quelle taille ?

— Pas plus grand que moi.

Donc, l'homme était plutôt petit.

— Maigre ?

— En tout cas pas gros.

— Vingt ans ? Trente ans ? Quarante ?

Elle avait dit jeune, mais ce mot-là peut avoir des sens fort différents.

— Je dirais plutôt trente.

— Vous ne vous rappelez aucun autre détail ?

— Non.

— Il portait une cravate ?

— Je suppose.

— A-t-il l'air d'un rôdeur, d'un ouvrier, d'un employé ?

Elle coopérait de son mieux, mais ses souvenirs étaient fragmentaires.

— Il me semble que, dans la rue, à toute autre occasion, je ne l'aurais pas remarqué. Ce qu'on appelle quelqu'un de bien.

Elle leva soudain la main, comme une élève à l'école — et il n'y avait pas si longtemps qu'elle avait cessé d'être une écolière.

— Il avait une bague au doigt !

— Une bague ou une alliance ?

— Un instant...

Elle fermait les yeux, semblait reprendre la position qu'elle avait au moment de la lutte.

— Je l'ai d'abord sentie sous mes doigts, puis, au cours de la prise de judo, sa main s'est trouvée près de mon visage... Une chevalière aurait été plus grosse... Il y aurait eu un chaton... C'était certainement une alliance...

— Tu as entendu, Lucas ?

— Oui, patron.

— Les cheveux longs, courts ?

— Pas courts. Je les revois sur une de ses oreilles alors que sa tête était penchée, presque parallèle au trottoir.

— Tu notes toujours ?

— Oui.

— Venez dans mon bureau.

Il retira machinalement son veston alors que, pourtant, la nuit était assez fraîche, tout au moins en comparaison avec la journée.

— Asseyez-vous. Vous êtes sûre que vous ne voulez rien prendre ?

— Sûre.

— Avant que l'homme vous attaque, vous n'avez pas fait une autre rencontre ?

Un flot de sang lui monta aux joues et aux oreilles. Sur des muscles de sportive, elle avait gardé une peau très fine, très tendre.

— Oui.

— Dites-moi tout.

— Tant pis si j'ai eu tort. Je suis fiancée.

— Que fait votre fiancé ?

— Il termine sa dernière année de Droit. Son intention est d'entrer, lui aussi, dans la police...

Pas à la façon de Maigret jadis, par le bas, en commençant sur la voie publique, mais par les concours.

— Vous l'avez vu ce soir ?

— Oui.

— Vous l'avez mis au courant de ce qui se préparait ?

— Non. Je lui ai demandé de passer la soirée place du Tertre.

— Vous aviez peur ?

— Non. J'aimais le sentir pas trop loin de moi.

— Et vous lui aviez donné un autre rendez-vous ?

Elle était mal à l'aise, passait d'une jambe sur l'autre, essayant de savoir, par de petits coups d'œil, si Maigret était fâché ou non.

— Je vais vous dire toute la vérité, monsieur le commissaire. Tant pis si je me suis trompée. On nous avait donné comme instruction, n'est-ce pas, d'agir aussi naturellement que possible, comme n'importe quelle jeune fille ou n'importe quelle femme qui, le soir, est appelée à se trouver dehors. Or, le soir, on voit souvent des couples qui s'embrassent et qui se séparent pour s'en aller chacun de son côté.

— C'est pour cela que vous avez fait venir votre fiancé ?

— Je vous le jure. J'avais fixé le rendez-vous à

dix heures. On escomptait qu'il se passerait quelque chose avant cela. Je ne risquais donc rien, à dix heures, d'essayer autre chose.

Maigret l'observait attentivement.

— Vous n'avez pas pensé que, si l'assassin vous voyait sortir des bras d'un homme et continuer seule votre route, cela déclencherait sans doute sa crise ?

— Je ne sais pas. Je suppose que ce n'est qu'un hasard. J'ai mal fait ?

Il préféra ne pas répondre. C'était toujours le dilemme entre la discipline et l'esprit d'initiative. Lui-même, cette nuit-là et les jours précédents, n'avait-il pas fait de sérieux accrocs à la discipline ?.

— Prenez votre temps. Asseyez-vous à mon bureau. Vous allez, comme à l'école, raconter par écrit ce qui s'est passé ce soir, en vous efforçant de vous souvenir des moindres détails, même de ceux qui ne paraissent pas importants.

Il savait par expérience que cela donne souvent des résultats.

— Je peux me servir de votre stylo ?

— Si vous voulez. Quand vous aurez fini, vous m'appellerez.

Il retourna dans le bureau où Lucas et Torrence se partageaient toujours les appels téléphoniques. Dans un cagibi au bout du couloir, un radiotélégraphiste enregistrait les messages des voitures radio qu'il envoyait, sur des bouts de papier, par le garçon de bureau.

On était parvenu, petit à petit, là-haut, à disperser le plus gros de la foule mais, comme il fallait s'y attendre, les reporters, alertés, étaient accourus sur les lieux.

On avait d'abord cerné trois pâtés de maisons, puis quatre, puis tout un quartier, à mesure que le temps passait et que l'homme avait eu plus d'opportunités pour s'éloigner.

Les hôtels, les meublés étaient visités, les locataires réveillés pour produire leur carte d'identité et répondre à un interrogatoire sommaire.

Il y avait toutes les chances pour que l'assassin fût déjà passé à travers les mailles du filet, probablement dès les premières minutes, au moment des coups de sifflet, quand les gens s'étaient mis à courir et que la place du Tertre avait déversé son contingent de curieux.

Il existait une autre possibilité : c'est que le tueur habite le quartier, près de l'endroit où il avait commis sa dernière tentative, et qu'il soit simplement rentré chez lui.

Maigret jouait machinalement avec le bouton que Marthe Jusserand lui avait remis, un bouton banal, d'un gris sombre légèrement veiné de bleu. Il ne portait aucune marque. Du gros fil de tailleur y restait attaché et, à ce fil, tenaient encore quelques brins de la laine du complet.

— Téléphone à Moers de venir tout de suite.

— Ici ou au laboratoire ?

— Ici.

Il avait appris par expérience qu'une heure perdue à certain moment d'une enquête peut représenter des semaines d'avance pour le criminel.

— Lognon demande à vous parler, patron.

— Où est-il ?

— Quelque part dans un café, à Montmartre.

— Allô ! Lognon ?

— Oui, patron. La chasse continue. Ils ont cerné une bonne partie du quartier. Mais je suis à peu près certain d'avoir vu l'homme descendre en courant l'escalier de la place Constantin-Pecqueur, juste en face de chez moi.

— Tu n'as pas pu le rejoindre ?

— Non. Je courais, moi aussi, aussi vite que je pouvais, mais il est plus rapide que moi.

— Tu n'as pas tiré ?

C'étaient pourtant les ordres : tirer à vue, dans

les jambes de préférence, à condition toutefois de ne pas mettre les passants en danger.

— Je n'ai pas osé, à cause d'une vieille poivrote qui dormait sur les dernières marches et que j'aurais risqué d'atteindre. Après, il était trop tard. Il s'est fondu dans l'obscurité, un peu comme s'il entrait dans le mur. J'ai battu les environs mètre carré par mètre carré. Tout le temps, j'ai eu l'impression qu'il n'était pas loin, qu'il suivait des yeux chacun de mes mouvements.

— C'est tout ?

— Oui. Des collègues sont arrivés et nous avons organisé une battue.

— Sans rien trouver ?

— Seulement qu'un homme est entré vers cette heure-là dans un bar de la rue Caulaincourt où des clients jouaient à la belote. Sans s'arrêter au comptoir, il est entré dans la cabine téléphonique. Il devait donc être muni de jetons. Il a eu une communication et est sorti comme il était venu, sans un mot, sans un regard vers le patron et les joueurs. C'est ce qui l'a fait remarquer. Ces gens-là ignoraient tout de ce qui se passait.

— Rien d'autre ?

— Il est blond, assez jeune, mince et il ne portait pas de chapeau.

— Son costume ?

— Sombre. Mon idée, c'est qu'il a appelé quelqu'un qui est venu le chercher en voiture à un endroit déterminé. On n'a pas pensé à arrêter les voitures dans lesquelles se trouvaient plusieurs personnes.

Cela aurait été la première fois dans les annales criminelles, en effet, qu'un maniaque de cette sorte n'agisse pas seul.

— Je vous remercie, vieux.

— Je reste sur les lieux. Nous continuons.

— Il n'y a que cela à faire.

Ce n'était peut-être qu'une coïncidence.

N'importe qui pouvait être entré dans un bar pour donner un coup de téléphone et n'avoir pas eu l'envie ou le temps de consommer.

Cela troublait quand même Maigret. Il pensait à l'alliance dont la jeune auxiliaire lui avait parlé.

Est-ce que l'homme, pour sortir du cordon de police qui l'entourait, avait eu le culot de faire appel à sa femme ? Dans ce cas, quelle explication avait-il fournie à celle-ci ? Dès le matin, elle lirait dans les journaux le récit de ce qui s'était passé à Montmartre.

— Moers arrive ?

— Tout de suite, patron. Il était occupé à lire dans son lit. Je lui ai dit de prendre un taxi.

Marthe Jusserand apportait sa composition, c'est-à-dire le rapport des événements tels qu'elle les avait vécus.

— Je ne me suis pas appliquée au style, bien sûr. J'ai essayé de tout mettre, aussi objectivement que je l'ai pu.

Il parcourut des yeux les deux pages, n'y trouva aucun élément nouveau et ce n'est que quand la jeune fille se retourna pour prendre son sac à main qu'il s'aperçut que sa robe était déchirée dans le dos. Ce détail-là matérialisa soudain le danger que Maigret lui avait fait courir en même temps qu'aux autres auxiliaires.

— Vous pouvez aller vous coucher. Je vais donner des ordres pour qu'on vous reconduise.

— C'est inutile, monsieur le commissaire. Jean est certainement en bas avec sa 4 CV.

Il la regarda, interrogateur et amusé.

— Vous ne lui avez pourtant pas donné rendez-vous Quai des Orfèvres, puisque vous ne pouviez pas savoir que vous y viendriez ?

— Non. Mais il a été un des premiers à accourir de la place du Tertre. Je l'ai reconnu parmi les curieux et les inspecteurs. Il m'a vue aussi alors que je vous parlais et quand je suis montée dans votre voiture. Il s'est certainement douté que vous m'ameniez ici.

Sidéré, Maigret ne put que murmurer en lui tendant la main :

— Eh ! bien, mon petit, je vous souhaite bonne chance avec Jean. Je vous remercie. Et je m'excuse pour les émotions que je vous ai values. Bien entendu, la presse doit continuer à ne rien savoir du piège que nous avions préparé. On ne donnera pas votre nom.

— J'aime mieux ça.

— Bonne nuit...

Il la reconduisit galamment jusqu'au haut de l'escalier et revint vers ses inspecteurs en hochant la tête.

— Drôle de fille, grommela-t-il.

Torrence, qui avait ses idées sur la jeune génération, murmura :

— Elles sont toutes comme ça aujourd'hui.

Moers fit son entrée quelques minutes plus tard, aussi frais que s'il avait passé une bonne nuit de sommeil. Il n'était au courant de rien. Les plans pour traquer le tueur n'avaient pas été communiqués aux gens des laboratoires.

— Du boulot, patron ?

Maigret lui tendit le bouton et Moers fit la grimace.

— C'est tout ?

— Oui.

Moers le tournait et le retournait entre ses doigts.

— Vous voulez que je monte là-haut pour l'examiner ?

— Je t'accompagne.

C'était presque par superstition. Les coups de téléphone continuaient à se succéder. Maigret n'avait toujours pas confiance. A chaque fois, cependant, il ne pouvait s'empêcher de tressaillir en espérant que le miracle s'était produit. Peut-être, s'il n'était pas là, se produirait-il enfin et viendrait-on lui annoncer au laboratoire qu'on avait mis la main sur le tueur ?

Moers alluma les lampes, se servit d'une loupe, d'abord, de pinces, de toute une série d'instruments délicats avant d'examiner le fil et les brins de laine au microscope.

— Je suppose que vous avez envie de savoir où le vêtement duquel ce bouton a été arraché a été confectionné ?

— Je veux savoir tout ce qu'il est possible de savoir.

— Tout d'abord le bouton, malgré son apparence ordinaire, est de très bonne qualité. Ce n'est pas de ceux dont on se sert pour les vêtements en série. Je pense qu'il ne sera pas difficile, demain matin, de découvrir où il a été fabriqué, car les fabriques de boutons ne sont pas nombreuses. Elles ont presque toutes leur bureau rue des Petits-Champs, porte à porte avec les maisons de tissu en gros.

— Le fil ?

— Le même que celui dont se servent à peu près tous les tailleurs. Le drap m'intéresse davantage. Comme vous le voyez, la trame en est d'un gris assez banal, mais il s'y mêle un fil bleu clair qui le rend caractéristique. Je jurerais qu'il ne s'agit pas de fabrication française mais d'un tissu importé d'Angleterre. Or, ces importations passent par les mains d'un nombre limité de courtiers dont je puis vous fournir la liste.

Moers possédait des listes de toutes sortes, des annuaires, des catalogues grâce auxquels il pouvait rapidement déterminer la provenance d'un objet, qu'il s'agît d'une arme, d'une paire de souliers ou d'un mouchoir de poche.

— Tenez ! Comme vous voyez, la moitié des importateurs ont leur bureau rue des Petits-Champs aussi...

Heureusement qu'à Paris les maisons de gros sont encore plus ou moins groupées par quartier.

— Aucun bureau n'ouvre avant huit heures, la plupart seulement à neuf.

— Je ferai commencer par ceux qui ouvrent à huit heures.

— C'est tout pour cette nuit ?

— A moins que tu voies encore quelque chose à faire.

— Je vais essayer, à tout hasard.

Chercher, sans doute, sur le fil, dans les brins de laine, quelque poussière, quelque matière révélatrice. Un criminel n'avait-il pas été identifié, trois ans plus tôt, grâce à des traces de sciure de bois dans un mouchoir et un autre par une tache d'encre d'imprimerie ?

Maigret était las, tout à coup. La tension des derniers jours, des dernières heures l'avait abandonné et il se trouvait sans ressort, sans goût pour rien, sans optimisme.

Demain matin, il lui faudrait affronter le juge Coméliau, les journalistes qui le harcèleraient de questions embarrassantes. Qu'est-ce qu'il allait leur dire ? Il ne pouvait pas leur avouer la vérité. Il ne pouvait pas non plus mentir sur toute la ligne.

Quand il descendit à la P.J., il constata que l'épreuve des reporters n'était pas pour le lendemain matin mais pour tout de suite. Si le Baron n'était pas là, il y en avait trois autres, dont le petit Rougin aux yeux pétillant d'excitation.

— Vous nous recevez dans votre bureau, commissaire ?

Il haussa les épaules, les fit entrer, les regarda tous les trois, le bloc-notes à la main, le crayon en bataille.

— Votre prisonnier s'est échappé ?

Il était fatal qu'on lui parle de celui-là, qui devenait bien embarrassant maintenant que les événements se sont précipités.

— Personne ne s'est échappé.

— Vous l'avez remis en liberté ?

— Personne n'a été remis en liberté.

— Pourtant, il y a eu, cette nuit, une nouvelle tentative du tueur, n'est-ce pas ?

— Une jeune femme a été assaillie dans la rue, non loin de la place du Tertre, mais elle en a été quitte pour la peur.

— Elle n'a pas été blessée ?

— Non.

— Son agresseur a brandi un couteau ?

— Elle n'en est pas sûre.

— Elle n'est plus ici ?

Ils regardaient autour d'eux, méfiants. On avait dû leur dire, à Montmartre, que la jeune femme était montée dans la voiture du commissaire.

— Comment s'appelle-t-elle ?

— Son nom n'a aucune importance.

— Vous le gardez secret ?

— Mettons qu'il soit inutile de le publier.

— Pour quelle raison ? Elle est mariée ? Elle se trouvait là où elle n'aurait pas dû être ?

— C'est une explication.

— La bonne ?

— Je n'en sais rien.

— Vous ne trouvez pas que cela fait beaucoup de mystères ?

— Le mystère qui me préoccupe le plus est l'identité du tueur.

— Vous l'avez découverte ?

— Pas encore.

— Vous avez de nouveaux éléments grâce auxquels vous espérez la découvrir ?

— Peut-être.

— Bien entendu, on ne peut pas savoir lesquels ?

— Bien entendu.

— La jeune personne dont le nom doit rester si secret a-t-elle vu son assaillant ?

— Mal, mais suffisamment pour que je vous en fournisse le signalement.

Maigret le leur donna, si incomplet qu'il fût, mais ne souffla mot du bouton arraché à la veste.

— C'est vague, n'est-ce pas ?

— Hier, c'était plus vague encore, puisque nous ne savions rien du tout.

Il était de mauvais poil et s'en voulait de les traiter ainsi. Ils faisaient leur métier, comme lui. Il savait qu'il les irritait par ses réponses et encore plus par ses silences mais il ne parvenait pas à se montrer cordial comme d'habitude.

— Je suis fatigué, messieurs.

— Vous rentrez chez vous ?

— Dès que vous m'en laisserez le loisir.

— La chasse continue, là-haut ?

— Elle continue.

— Vous allez relâcher l'homme que l'inspecteur Lognon vous a amené avant-hier et que vous avez interrogé deux fois ?

Il fallait trouver quelque chose à leur répondre.

— Cet homme-là n'a jamais été inquiété. Ce n'était pas un suspect, mais un témoin dont, pour certaines raisons, l'identité ne peut être divulguée.

— Par précaution ?

— Peut-être.

— Il est toujours sous la garde de la police ?

— Oui.

— Il n'a pas eu la possibilité de se rendre cette nuit à Montmartre ?

— Non. Plus de questions ?

— Quand nous sommes arrivés, vous vous trouviez au laboratoire.

Ils connaissaient la maison presque aussi bien que lui.

— On n'y travaille pas sur des suppositions mais sur pièces.

Il les regardait sans broncher.

— Peut-on en conclure que l'homme de la rue Norvins a laissé quelque chose derrière lui, peut-être entre les mains de sa victime ?

— Il serait préférable, dans l'intérêt de l'enquête, qu'on ne tire pas de conclusions de mes allées et venues. Messieurs, je suis éreinté et je vous demande la permission de me retirer. Dans vingt-quatre heures, dans quarante-huit heures, peut-être aurai-je quelque chose à vous dire. Pour le moment, force vous est de vous contenter du signalement que je vous ai fourni.

Il était une heure et demie du matin. Les coups de téléphone s'espaçaient, dans le bureau voisin, où il alla serrer les mains de Lucas et de Torrence.

— Toujours rien ?

Il suffisait de les regarder pour comprendre que la question était inutile. On continuerait à cerner le quartier et à le fouiller ruelle par ruelle, maison par maison, jusqu'à ce que le petit jour se lève sur Paris, éclairant les poubelles au bord des trottoirs.

— Bonne nuit, mes enfants.

A tout hasard, il avait gardé l'auto dont le chauffeur faisait les cent pas dans la cour. Pour trouver un verre de bière fraîche, il aurait fallu aller loin, à Montparnasse ou aux alentours de la place Pigalle, et il n'en avait pas le courage.

Mme Maigret, en chemise de nuit, lui ouvrit la porte avant qu'il ait eu le temps de sortir sa clef de sa poche et il se dirigea, grognon, l'air têtu, vers le buffet où se trouvait le carafon de prunelle. Ce n'était pas de cela, mais de bière qu'il avait envie ; cependant en vidant son verre d'un trait, il avait un peu l'impression de se venger.

5

La brûlure de cigarette

Cela aurait pu prendre des semaines. Tout le monde, ce matin-là, au Quai des Orfèvres, était exténué, avec un mauvais goût dans la bouche. Certains, comme Maigret, avaient dormi trois ou quatre heures. D'autres, qui habitaient la banlieue, n'avaient pas dormi du tout.

Il y en avait encore, là-bas, à fouiller le quartier des Grandes-Carrières, à garder les métros, à observer les hommes qui sortaient des immeubles.

— Bien dormi, monsieur le commissaire ?

C'était le petit Rougin, frais et dispos, plus pétillant que d'habitude, qui, dans le couloir, interpellait Maigret de sa voix haut perchée, un peu métallique. Il paraissait tout particulièrement gai ce matin-là et le commissaire ne comprit qu'en trouvant le journal auquel le jeune reporter était attaché. Lui aussi avait pris un risque. La veille déjà, puis pendant la soirée, et enfin, quand, au Quai des Orfèvres ils étaient venus à trois ou quatre pour harceler Maigret, il s'était douté de la vérité.

Sans doute avait-il passé le reste de la nuit à interroger certaines gens, des hôteliers en particulier.

Toujours est-il que son journal imprimait en gros caractères :

Le tueur a échappé au piège tendu par la police.

Dans le couloir, Rougin devait attendre les réactions de Maigret.

Notre bon ami le commissaire Maigret, écrivait-il, *ne nous contredira probablement pas si nous affirmons que l'arrestation opérée avant-hier et autour de laquelle on a fait, à dessein, grand mystère n'était qu'une feinte destinée à attirer le tueur de Montmartre dans un piège...*

Rougin avait été plus loin. Il avait réveillé, au milieu de la nuit, un psychiatre notoire, à qui il avait posé des questions assez semblables à celles que le commissaire avait posées au professeur Tissot.

A-t-on escompté que l'assassin viendrait rôder autour de la P.J. pour apercevoir celui qu'on accusait à sa place ? C'est possible. Il est cependant plus probable qu'en heurtant sa vanité on a voulu le pousser à sévir une fois de plus, dans un quartier préalablement peuplé de policiers...

C'était le seul journal à donner ce son de cloche. Les autres reporters avaient pataugé.

— Tu es toujours ici, toi ? grommela Maigret en apercevant Lucas. Tu ne vas pas te coucher ?

— J'ai dormi dans un fauteuil, puis je suis allé faire un plongeon aux Bains Deligny et je me suis rasé dans ma cabine.

— Qui est disponible ?

— Presque tout le monde.

— Rien, naturellement ?

Lucas se contenta d'un mouvement d'épaules.

— Appelle-moi Janvier, Lapointe, deux ou trois autres.

De toute la nuit, il n'avait bu qu'un demi et un verre de prunelle, et pourtant il avait une sorte de gueule de bois. Le ciel s'était couvert, mais pas de vrais nuages qui auraient apporté une certaine fraîcheur. Un voile grisâtre s'était tendu peu à peu au-dessus de la ville, une buée collante descendait lentement dans les rues, chargée de poussière, d'odeur d'essence qui prenait à la gorge.

Maigret ouvrit sa fenêtre et la referma presque aussitôt parce que l'air du dehors était plus irrespirable que celui du bureau.

— Vous allez filer rue des Petits-Champs, mes enfants. Voici quelques adresses. Si vous n'y trouvez rien, vous en chercherez d'autres au Bottin. Que les uns s'occupent du bouton, les autres du tissu.

Il leur expliqua ce que Moers lui avait dit au sujet des grossistes et des importateurs.

— Il se pourrait que, cette fois, nous ayons de la chance. Tenez-moi au courant.

Il restait toujours maussade et ce n'était pas, comme ils le croyaient tous, parce qu'il avait subi un échec, parce que l'homme qu'ils traquaient était parvenu à passer entre les mailles du filet.

Il s'y était attendu. En réalité, cela ne constituait pas un échec, puisque ses prévisions s'étaient trouvées confirmées et qu'ils tenaient enfin un indice, un point de départ, si insignifiant fût-il en apparence.

Ses pensées allaient au tueur qui commençait à se préciser dans son esprit, maintenant qu'une personne au moins l'avait entrevu. Il l'imaginait encore jeune, blond, probablement mélancolique ou amer. Pourquoi Maigret aurait-il parié, à présent, qu'il était de bonne famille, habitué à une vie confortable ?

Il portait une alliance. Il avait donc une femme.

Il avait eu un père et une mère. Il avait été un écolier, peut-être un étudiant.

Ce matin, il était seul contre la police de Paris, contre la population parisienne tout entière et, lui aussi, sans doute, avait lu l'article du petit Rougin dans le journal.

Avait-il dormi, une fois sorti du traquenard dans lequel il avait failli rester ?

Si ses crimes lui procuraient un apaisement, voire une certaine euphorie, quel effet lui faisait un attentat raté ?

Maigret n'attendit pas que Coméliau l'appelât et se rendit à son cabinet où il trouva le juge occupé à lire les journaux.

— Je vous avais prévenu, commissaire. Vous ne pouvez pas prétendre que je me suis montré enthousiaste de votre projet, ni que je l'aie approuvé.

— Mes hommes sont sur une piste.

— Sérieuse ?

— Ils ont en main un indice matériel. Cela conduira fatalement quelque part. Cela peut prendre des semaines comme cela peut prendre deux heures.

Cela ne prit même pas deux heures. Lapointe s'était d'abord présenté, rue des Petits-Champs, dans des bureaux aux murs couverts de boutons de toutes sortes. *Maison fondée en 1782*, lisait-on, à la porte, sous le nom des deux associés. Et la collection ainsi exposée était celle de tous les modèles de boutons fabriqués depuis la fondation.

Après avoir exhibé sa médaille de la P.J., Lapointe avait demandé :

— Est-ce possible de déterminer la provenance de ce bouton ?

Pour lui, pour Maigret, pour n'importe qui, c'était un bouton comme un autre, mais l'employé qui l'examinait répondit sans hésiter :

— Cela vient de chez Mullerbach, à Colmar.

84

— Mullerbach a des bureaux à Paris ?

— Dans cet immeuble-ci, deux étages au-dessus.

Car toute la maison, comme Lapointe et son collègue le constatèrent, était occupée par des marchands de boutons.

Il n'existait plus de M. Mullerbach, mais le fils d'un gendre du dernier Mullerbach. Il reçut fort civilement les policiers dans son bureau, tourna et retourna le bouton entre ses doigts, demanda :

— Qu'est-ce que vous désirez savoir au juste ?

— C'est vous qui avez fabriqué ce bouton ?

— Oui.

— Possédez-vous une liste des tailleurs à qui vous en avez vendu de semblables ?

L'industriel pressa un timbre en expliquant :

— Comme vous le savez peut-être, les fabricants de tissus changent tous les ans les tons et même la trame de la plupart de leurs produits. Avant de mettre leurs nouveautés en vente, ils nous en adressent des échantillons afin que nous puissions fabriquer, de notre côté, des boutons assortis. Ceux-ci sont vendus directement aux tailleurs...

Un jeune homme accablé par la chaleur entrait.

— Monsieur Jeanfils, voulez-vous chercher la référence de ce bouton et m'apporter la liste des tailleurs à qui nous en avons vendu de pareils ?

M. Jeanfils sortit sans bruit, sans avoir ouvert la bouche. Pendant son absence, le patron continua à exposer aux deux policiers le mécanisme de la vente des boutons. Moins de dix minutes plus tard, on frappait à la porte vitrée. Le même Jeanfils entrait, posait sur le bureau le bouton et une feuille de papier dactylographiée.

C'était une liste d'une quarantaine de tailleurs, quatre de Lyon, deux de Bordeaux, un de Lille, quelques autres de diverses villes de France et le reste de Paris.

— Voilà, messieurs. Je vous souhaite bonne chance.

Ils se retrouvèrent dans la rue dont l'animation bruyante choquait presque quand on sortait de ces bureaux où régnait un calme serein de sacristie.

— Qu'est-ce qu'on fait ? questionna Broncard, qui accompagnait Lapointe. On s'y met tout de suite ? J'ai compté. Il y en a vingt-huit à Paris. En prenant un taxi...

— Tu sais où Janvier est entré ?

— Oui. Dans ce gros immeuble, ou plutôt dans les bureaux au fond de la cour.

— Attends-le.

Pour sa part, il pénétra dans un petit bar au sol couvert de sciure de bois, commanda un blanc-vichy et s'enferma dans la cabine téléphonique. Maigret était encore chez le juge Coméliau et c'est là qu'il put le toucher.

— Quarante tailleurs en tout, expliqua-t-il. Vingt-huit à Paris. Je commence la tournée ?

— Ne garde que quatre ou cinq noms. Dicte les autres à Lucas qui enverra des hommes.

Il n'avait pas fini de dicter que Janvier, Broncard et un quatrième entraient dans le bistrot où ils l'attendaient, près du comptoir. Ils paraissaient contents, tous les trois. A certain moment, Janvier vint entrouvrir la porte vitrée.

— Ne coupe pas la communication. Je dois lui parler aussi.

— Ce n'est pas le patron. C'est Lucas.

— Passe-le-moi quand même.

De n'avoir pas dormi, ils avaient tous une sorte de fièvre et leur haleine était chaude, leurs yeux à la fois fatigués et brillants.

— C'est toi, vieux ? Dis au patron que tout va bien. Janvier, ici, oui. Nous sommes tombés dans le mille. Une chance que ce type-là porte des vête-ments en tissu anglais. Je t'expliquerai. Je connais à présent toute la routine. Bref, il n'y a qu'une dizaine de tailleurs, jusqu'ici, qui ont commandé de ce tissu-là. Beaucoup plus ont reçu les liasses. Ce sont ces liasses qu'ils montrent au client et, le costume commandé, ils se procurent le métrage. Bref, on peut espérer que cela ira vite, sauf le cas improbable où le complet aurait été fait en Angleterre.

Ils se séparèrent, une fois dehors, avec chacun deux ou trois noms sur un bout de papier, et c'était entre eux comme une loterie. L'un des quatre hommes, probablement, allait, peut-être ce matin même, obtenir le nom qu'on cherchait depuis six mois.

Ce fut le petit Lapointe qui décrocha le gros lot. Il s'était réservé la partie de la rive gauche, aux alentours du boulevard Saint-Germain, qu'il connaissait bien parce qu'il y habitait.

Un premier tailleur, boulevard Saint-Michel, avait effectivement commandé un métrage du fameux tissu. Il put même montrer à l'inspecteur le complet qu'il en avait fait, car il n'était pas encore livré, il n'était même pas terminé mais, avec une seule manche et le col pas encore attaché, il attendait le client pour l'essayage.

La seconde adresse était celle d'un petit tailleur polonais qui logeait à un troisième étage rue Vanneau. Il n'avait qu'un ouvrier. Lapointe le trouva assis sur sa table, des lunettes à monture d'acier sur les yeux.

— Vous reconnaissez ce tissu ?

Janvier en avait demandé plusieurs échantillons pour ses collègues.

— Certainement. Pourquoi ? Vous désirez un complet ?

— Je désire le nom du client pour lequel vous en avez fait un.

— Il y a déjà un certain temps de cela.

— Combien de temps ?

— C'était à l'automne dernier.

— Vous ne vous souvenez pas du client ?

— Je m'en souviens.

— Qui est-ce ?

— M. Moncin.

— Qui est M. Moncin ?

— Un monsieur très bien, qui s'habille chez moi depuis plusieurs années.

Lapointe, tremblant, osait à peine y croire. Le miracle se produisait. L'homme qu'on avait tant cherché, qui avait fait couler tant d'encre, à la recherche duquel toutes les forces de police avaient consacré tant d'heures avait soudain un nom. Il allait avoir une adresse, un état civil et bientôt, sans doute, prendre forme.

— Il habite le quartier ?

— Pas loin d'ici, boulevard Saint-Germain, à côté du métro Solférino.

— Vous le connaissez bien ?

— Comme je connais chacun de mes clients. C'est un homme bien élevé, charmant.

— Il y a longtemps qu'il n'est pas venu vous voir ?

— La dernière fois, c'était en novembre dernier, pour un pardessus, peu de temps après que je lui eus fait ce complet.

— Vous avez son adresse exacte ?

Le petit tailleur feuilleta les pages d'un cahier où des noms et des adresses étaient écrits au crayon, avec des chiffres, les prix des vêtements sans doute, qu'il barrait d'une croix rouge quand ils étaient payés.

— 228 *bis*.

— Vous savez s'il est marié ?

— Sa femme l'a accompagné plusieurs fois. Elle vient toujours avec lui pour choisir.

— Elle est jeune ?

— Je suppose qu'elle a une trentaine d'années. C'est une personne distinguée, une vraie dame.

Lapointe ne parvenait pas à arrêter le frémissement qui s'était emparé de tout son corps. Cela tournait à la panique. Si près du but, il avait peur qu'un accrochage se produise soudain, qui remettrait tout en question.

— Je vous remercie. Je reviendrai peut-être vous voir.

Il oubliait de demander la profession de Marcel Moncin, dégringolait l'escalier, se précipitait vers le boulevard Saint-Germain où l'immeuble portant le numéro 228 *bis* lui parut fascinant. C'était pourtant un immeuble de rapport comme les autres, du même style que tous ceux du boulevard, avec des balcons en fer forgé. La porte était ouverte sur un couloir peint en beige au fond duquel on distinguait la cage d'un ascenseur et, à droite, la loge de la concierge.

Il avait une envie quasi douloureuse d'entrer, de s'informer, de monter à l'appartement de Moncin, d'en finir tout seul avec le fameux tueur, mais il savait qu'il n'avait pas le droit d'agir ainsi.

Juste en face de l'entrée du métro, un agent en uniforme était en faction et Lapointe l'interpella, se fit reconnaître.

— Voulez-vous surveiller cet immeuble pendant les quelques minutes qu'il me faut pour téléphoner au Quai des Orfèvres ?

— Qu'est-ce que je dois faire ?

— Rien. Ou plutôt, si un homme d'une trentaine d'années, mince, plutôt blond, venait à sortir, arrangez-vous pour le retenir, demandez-lui ses papiers, faites n'importe quoi.

— Qui est-ce ?

— Il s'appelle Marcel Moncin.

— Qu'est-ce qu'il a fait ?

Lapointe préféra ne pas préciser qu'il s'agissait, selon toutes probabilités, du tueur de Montmartre.

Quelques instants plus tard, il se trouvait à nouveau dans une cabine téléphonique.

— Le Quai ? Passez-moi tout de suite le commissaire Maigret. Ici, Lapointe.

Il était tellement fébrile qu'il en bégayait.

— C'est vous, patron ? Lapointe. Oui. J'ai trouvé... Comment ?... Oui... Son nom, son adresse... Je suis en face de chez lui...

L'idée lui venait soudain à l'esprit que d'autres complets avaient été faits dans le même tissu et que celui-ci n'était peut-être pas le bon.

— Janvier n'a pas téléphoné ? Si ? Qu'est-ce qu'il a dit ?

On avait retrouvé trois des complets, mais les signalements ne correspondaient pas à la description fournie par Marthe Jusserand.

— Je vous téléphone du boulevard Saint-Germain... J'ai mis un sergent de ville à sa porte... Oui... Oui... Je vous attends... un instant... Je regarde le nom du bistrot...

Il sortit de la cabine, lut, à l'envers, le nom écrit en lettres d'émail sur la vitre.

— Café Solférino...

Maigret lui avait recommandé de rester là sans se montrer. Moins d'un quart d'heure plus tard, debout au comptoir, devant un autre blanc-vichy, il reconnut des petites autos de la police qui s'arrêtaient à différents endroits.

De l'une d'elles, ce fut Maigret en personne qui descendit et il parut à Lapointe plus massif et plus lourd que d'habitude.

— Cela a été tellement facile, patron, que je n'ose y croire...

Maigret était-il aussi nerveux que lui ? Si oui, cela ne se voyait pas. Ou plutôt, pour ceux qui le connaissaient bien, cela se traduisait par un air grognon, ou buté.

— Qu'est-ce que tu bois ?

— Un blanc-vichy.

Maigret fit la grimace.

— Vous avez de la bière à la pression ?

90

— Bien sûr, monsieur Maigret.

— Vous me connaissez ?

— J'ai vu assez souvent votre portrait dans les journaux. Et, l'an dernier, quand vous vous êtes occupé de ce qui se passait au ministère d'en face, vous êtes venu plusieurs fois boire le coup.

Il avala sa bière.

— Viens.

Pendant ce temps-là s'était effectuée une mise en place qui, si elle était moins importante que celle de la nuit, n'en était pas moins effective. Deux inspecteurs étaient montés jusqu'au dernier étage de l'immeuble. Il y en avait d'autres sur le trottoir, d'autres encore en face, et au coin de la rue, sans compter une voiture radio à proximité.

Ce serait sans doute inutile. Ces tueurs-là se défendent rarement, tout au moins par les armes.

— Je vous accompagne ?

Maigret fit signe que oui et ils pénétrèrent tous les deux dans la loge de la concierge. C'était une loge bourgeoise, avec un petit salon qu'un rideau de velours rouge séparait de la cuisine. La concierge, âgée d'une cinquantaine d'années, se montra calme et souriante.

— Vous désirez, messieurs ?

— M. Moncin, s'il vous plaît ?

— Second étage à gauche.

— Vous ne savez pas s'il est chez lui ?

— C'est probable. Je ne l'ai pas vu sortir.

— Mme Moncin est là aussi ?

— Elle est rentrée de son marché il y a environ une demi-heure.

Maigret ne pouvait s'empêcher de penser à son entretien, chez Pardon, avec le professeur Tissot. La maison était quiète, confortable, et son aspect vieillot, son style du milieu du dernier siècle, avait quelque chose de rassurant. L'ascenseur, bien huilé, avec sa poignée de cuivre brillante, les attendait, mais ils préférèrent monter à pied sur l'épais tapis cramoisi.

La plupart des paillassons, devant les portes de bois sombre, portaient une ou des initiales en rouge et tous les boutons de sonnette étaient astiqués, on n'entendait rien de ce qui se passait dans les appartements, aucune odeur de cuisine n'envahissait la cage de l'escalier.

Une des portes du premier était flanquée de la plaque d'un spécialiste des poumons.

Au second étage, à gauche, on lisait, sur une plaque de cuivre du même format, mais en lettres plus stylisées, plus modernes :

*Marcel Moncin
architecte-décorateur*

Les deux hommes marquèrent un temps d'arrêt, se regardèrent, et Lapointe eut l'impression que Maigret était aussi ému que lui-même. Ce fut le commissaire qui tendit la main pour presser le bouton électrique. On n'entendit pas la sonnerie, qui devait résonner assez loin dans l'appartement. Un temps qui parut long s'écoula et enfin la porte s'ouvrit, une bonne en tablier blanc, qui n'avait pas vingt ans, les regarda avec étonnement et questionna :

— Qu'est-ce que c'est ?

— M. Moncin est chez lui ?

Elle parut embarrassée, balbutia :

— Je ne sais pas.

Il s'y trouvait donc.

— Si vous voulez attendre une minute, je vais demander à madame...

Elle n'eut pas besoin de s'éloigner. Une femme encore jeune qui, en rentrant de son marché, avait dû passer un peignoir pour avoir moins chaud, se montrait au fond du couloir.

— Qu'est-ce que c'est, Odile ?

92

— Deux messieurs qui demandent à parler à monsieur, madame.

Elle s'avança, croisant les pans de son peignoir, regardant Maigret droit au visage comme si celui-ci lui rappelait quelqu'un.

— Vous désirez ? demanda-t-elle en cherchant à comprendre.

— Votre mari est ici ?

— C'est-à-dire...

— Cela signifie qu'il y est.

Elle rougit légèrement.

— Oui. Mais il dort.

— Je suis obligé de vous prier de l'éveiller.

Elle hésita, murmura :

— A qui ai-je l'honneur ?

— Police Judiciaire.

— Le commissaire Maigret, n'est-ce pas ? Il me semblait bien vous avoir reconnu...

Maigret, qui s'était avancé insensiblement, se trouvait maintenant dans l'entrée.

— Veuillez éveiller votre mari. Je suppose qu'il est rentré tard, la nuit dernière ?

— Que voulez-vous dire ?

— Est-ce son habitude de dormir jusque passé onze heures du matin ?

Elle sourit.

— Cela lui arrive souvent. Il aime travailler le soir, parfois une partie de la nuit. C'est un cérébral, un artiste.

— Il n'est pas sorti la nuit dernière ?

— Pas que je sache. Si vous voulez attendre au salon, je vais l'avertir.

Elle avait ouvert la porte vitrée d'un salon au modernisme inattendu dans le vieil immeuble, mais qui n'avait rien d'agressif, et Maigret remarqua qu'il aurait pu vivre dans un décor comme celui-ci. Seules les peintures, sur les murs, auxquelles il ne comprenait rien, lui déplaisaient.

Debout, Lapointe surveillait la porte d'entrée.

C'était d'ailleurs superflu car, à cette heure, toutes les issues étaient bien gardées.

La jeune femme, qui s'était éloignée dans un froufrou de tissu soyeux, ne resta que deux ou trois minutes absente et revint, non sans s'être passé un peigne dans les cheveux.

— Il sera ici dans un instant. Marcel a une étrange pudeur au sujet de laquelle il m'arrive de le taquiner : il déteste se montrer en négligé.

— Vous faites chambre à part ?

Elle en reçut un petit choc, répondit avec simplicité :

— Comme beaucoup de gens mariés, non ?

N'est-ce pas en effet presque de règle dans un certain milieu ? Cela ne signifiait rien. Ce qu'il s'efforçait de déterminer c'est si elle jouait un rôle, si elle savait quelque chose ou si, au contraire, elle se demandait réellement quel rapport pouvait exister entre le commissaire Maigret et son mari.

— Votre mari travaille ici ?

— Oui.

Elle alla ouvrir une porte latérale donnant accès à un bureau assez vaste dont les deux fenêtres s'ouvraient sur le boulevard Saint-Germain. On y voyait des planches à dessin, des rouleaux de papier, de curieuses maquettes en contre-plaqué ou en fil de fer qui faisaient penser à des décors de théâtre.

— Il travaille beaucoup ?

— Trop pour sa santé. Il n'a jamais été fort. Nous devrions être maintenant à la montagne, comme les autres années, mais il a accepté une commande qui nous empêchera de prendre des vacances.

Il avait rarement vu femme aussi calme, aussi maîtresse d'elle-même. N'aurait-elle pas dû s'affoler, alors que les journaux étaient pleins des histoires du tueur et qu'on savait que Maigret dirigeait l'enquête, en voyant celui-ci se présenter

ainsi à son domicile ? Elle se contentait de l'observer, comme curieuse de voir de près un homme
aussi célèbre.

— Je vais voir s'il est presque prêt.

Maigret, assis dans un fauteuil, bourra lentement sa pipe, l'alluma, échangea un nouveau coup
d'œil avec Lapointe qui ne tenait pas en place.

Quand la porte par laquelle Mme Moncin avait
disparu se rouvrit, ce n'est pas elle qu'on vit s'avan-
cer mais un homme qui paraissait si jeune qu'on
pouvait croire qu'il y avait maldonne.

Il avait revêtu un complet d'intérieur d'un beige
délicat qui faisait ressortir la blondeur de ses cheveux, la finesse de son teint, le bleu clair de ses
yeux.

— Je m'excuse, messieurs, de vous avoir fait
attendre...

Un sourire qui avait quelque chose de frêle et
d'enfantin flottait sur ses lèvres.

— Ma femme vient de m'éveiller en me disant...

Celle-ci n'était-elle pas curieuse de connaître le
but de cette visite ? Elle ne revenait pas. Peut-être
était-elle à l'écoute derrière la porte que son mari
avait refermée ?

— J'ai beaucoup travaillé, ces temps-ci, à la
décoration d'une immense villa qu'un de mes amis
fait construire sur la côte normande...

Tirant de sa poche un mouchoir de batiste, il
s'épongea le front, les lèvres où perlait de la sueur.

— Il fait encore plus chaud qu'hier, n'est-ce
pas ?

Il regarda dehors, vit le ciel couleur lavande.

— Cela ne sert à rien d'ouvrir les fenêtres.
J'espère que nous aurons un orage.

— Je m'excuse, commença Maigret, d'avoir à
vous poser quelques questions indiscrètes. J'aimerais tout d'abord voir le complet que vous portiez
hier.

Cela parut le surprendre, sans toutefois

l'effrayer. Ses yeux s'écarquillèrent un peu. Ses lèvres se retroussèrent. Il semblait dire :

— Drôle d'idée !

Puis, se dirigeant vers la porte :

— Vous permettez un instant ?

Il ne resta absent qu'une demi-minute au plus, revint avec un complet gris bien pressé sur le bras. Maigret l'examina, trouva, à l'intérieur de la poche, le nom du petit tailleur de la rue Vanneau.

— Vous le portiez hier ?

— Certainement.

— Hier au soir ?

— Jusqu'aussitôt après le dîner. Je me suis changé alors pour endosser ce vêtement d'inté- rieur avant de me mettre au travail. Je travaille surtout la nuit.

— Vous n'êtes pas sorti après huit heures du soir ?

— Je suis resté dans mon bureau jusqu'à deux heures ou deux heures et demie du matin, ce qui vous explique que je dormais encore quand vous êtes arrivé. J'ai besoin de beaucoup de sommeil, comme tous les grands nerveux.

Il semblait quêter leur approbation, faisant tou- jours penser davantage à un étudiant qu'à un homme ayant passé la trentaine.

De près, pourtant, on distinguait sur son visage une usure qui contrastait avec sa jeunesse appa- rente. Il y avait, dans sa chair, quelque chose de maladif ou de fané, qui n'était pas sans lui don- ner un certain charme, comme cela arrive pour des femmes mûrissantes.

— Puis-je vous demander de me montrer toute votre garde-robe ?

Cette fois, il se raidit un peu et peut-être fut-il sur le point de protester, de refuser.

— Si cela vous fait plaisir. Venez par ici...

Si sa femme guettait derrière la porte, elle eut le temps de se retirer car on la vit, au fond du couloir, qui parlait à la bonne dans une cuisine claire et moderne.

Moncin poussait une autre porte, celle d'une chambre à coucher à la décoration couleur havane clair au milieu de laquelle un lit-divan était défait. Il alla ouvrir les rideaux, car la pièce était plongée dans la pénombre, fit glisser les portes coulissantes d'un placard qui occupait tout un pan de mur.

Six complets se trouvaient, pendus, dans la partie de droite, tous parfaitement pressés, comme s'ils n'avaient pas été portés ou comme s'ils sortaient des mains du teinturier, et il y avait aussi trois pardessus, dont un de demi-saison, ainsi qu'un smoking et un habit.

Aucun des complets n'était du même tissu que l'échantillon que Lapointe avait dans sa poche.

— Tu veux me le passer ? demanda le commissaire.

Il le tendit à leur hôte.

— A l'automne dernier, votre tailleur vous a livré un complet dans ce tissu. Vous vous en souvenez ?

Moncin l'examina.

— Je m'en souviens.

— Qu'est-ce que ce vêtement est devenu ?

Il parut réfléchir.

— Je sais, dit-il enfin. Quelqu'un, sur la plate-forme de l'autobus, me l'a brûlé avec une cigarette.

— Vous l'avez donné à réparer ?

— Non. J'ai horreur des objets, quels qu'ils soient, qui ont été abîmés. C'est une manie, mais je l'ai toujours eue. Enfant, déjà, je jetais un jouet qui avait une égratignure.

— Vous avez jeté ce complet ? Vous voulez dire que vous l'avez mis à la poubelle ?

— Non. Je l'ai donné.

— Vous-même ?

— Oui. Je l'ai pris sur le bras, un soir que j'allais

arpenter les quais, comme cela m'arrive parfois, et je l'ai donné à un clochard.

— Il y a longtemps ?

— Deux ou trois jours.

— Précisez.

— Avant-hier.

Dans la partie droite du placard, une douzaine de paires de chaussures, pour le moins, étaient rangées sur des rayons, et, au milieu, des tiroirs contenaient des chemises, des caleçons, des pyjamas et des mouchoirs, le tout dans un ordre parfait.

— Où sont les souliers que vous portiez hier au soir ?

Il ne se coupa pas, ne se troubla pas.

— Je ne portais pas de souliers mais les pantoufles que j'ai aux pieds, puisque je me trouvais dans mon bureau.

— Voulez-vous appeler la bonne ? Nous pouvons retourner au salon.

— Odile ! lança-t-il dans la direction de la cuisine. Venez un instant.

Celle-ci ne devait pas être arrivée depuis longtemps de sa campagne, dont elle avait gardé le velouté.

— Le commissaire Maigret désire vous poser quelques questions. Je vous demande de lui répondre.

— Bien, monsieur.

Elle ne se troublait pas non plus, seulement émue de se trouver en face d'un personnage officiel dont on parlait dans les journaux.

— Vous couchez dans l'appartement ?

— Non, monsieur. J'ai ma chambre au sixième, avec les autres domestiques de la maison.

— Vous êtes montée tard, hier soir ?

— Vers neuf heures, comme presque chaque jour, tout de suite après ma vaisselle.

— Où se trouvait M. Moncin à ce moment-là ?

— Dans son bureau.

— Habillé comment ?

— Comme il l'est maintenant.

— Vous en êtes sûre ?

— Certaine.

— Depuis quand n'avez-vous pas vu son complet gris à petites lignes bleues ?

Elle réfléchit.

— Il faut vous dire que je ne m'occupe pas des vêtements de monsieur. Il est très... très particulier sur ce sujet.

Elle avait failli prononcer « maniaque ».

— Vous voulez dire qu'il les repasse lui-même ?

— Oui.

— Et que vous n'avez pas le droit d'ouvrir ses placards ?

— Seulement pour y mettre le linge quand il revient de la blanchisserie.

— Vous ignorez quand il a porté son complet gris à trame bleue pour la dernière fois ?

— Il me semble que c'était il y a deux ou trois jours.

— Il n'a pas été question, à table, par exemple, quand vous faisiez le service, d'une brûlure faite au revers ?

Elle regarda son patron comme pour lui demander conseil, balbutia :

— Je ne sais pas... Non... Je n'écoute pas ce qu'ils disent à table... Ils parlent presque toujours de choses que je ne comprends pas...

— Vous pouvez aller.

Marcel Moncin attendait, calme, souriant, avec seulement des perles de sueur au-dessus de la lèvre supérieure.

— Je vous demanderai de bien vouloir vous habiller et me suivre au Quai des Orfèvres. Mon inspecteur va vous accompagner dans votre chambre.

— Dans ma salle de bains aussi ?

— Dans votre salle de bains aussi, je m'en excuse. Pendant ce temps-là, je bavarderai avec votre femme. Je suis au regret, monsieur Moncin, mais il m'est impossible d'agir autrement.

L'architecte-décorateur eut un geste vague qui semblait signifier :

— Comme vous voudrez.

Ce n'est qu'à la porte qu'il se retourna pour demander :

— Puis-je savoir en quel honneur...

— Pas maintenant, non. Tout à l'heure, dans mon bureau.

Et Maigret, de la porte du couloir, à Mme Moncin toujours dans la cuisine :

— Vous voulez venir, madame ?

6

Le partage du complet gris-bleu

— C'est le bon, cette fois ? avait gouaillé le petit Rougin tandis que le commissaire et Lapointe traversaient le couloir du Quai des Orfèvres avec leur prisonnier.

Maigret s'était contenté de marquer un temps d'arrêt, de tourner lentement la tête et de laisser peser son regard sur le reporter. Celui-ci avait toussoté et les photographes eux-mêmes avaient mis moins d'acharnement dans leur travail.

— Asseyez-vous, monsieur Moncin. Si vous avez trop chaud, vous pouvez retirer votre veston.

— Merci. J'ai l'habitude de le garder.

En effet, on l'imaginait mal en négligé. Maigret avait retiré le sien et était passé chez les inspecteurs pour donner des instructions. Il était un peu tassé sur lui-même, le cou rentré dans les épaules, avec comme des absences dans les yeux.

Une fois dans son bureau, il rangea ses pipes, en bourra deux, méthodiquement, après avoir fait signe à Lapointe de rester et d'enregistrer l'entretien. Certains virtuoses s'assoient ainsi, hésitants, règlent leur siège, touchent leur piano par-ci par-là comme pour l'apprivoiser.

— Il y a longtemps que vous êtes marié, monsieur Moncin ?

— Douze ans.

— Puis-je vous demander votre âge ?

— J'ai trente-deux ans. Je me suis marié à vingt.

Il y a eut un silence assez long pendant lequel le commissaire fixa ses mains posées à plat sur le bureau.

— Vous êtes architecte ?

Moncin rectifia :

— Architecte-décorateur.

— Cela signifie, je suppose, que vous êtes un architecte spécialisé dans la décoration intérieure ?

Il avait remarqué une certaine rougeur sur le visage de son interlocuteur.

— Pas tout à fait.

— Cela ne vous ennuie pas de m'expliquer ?

— Je n'ai pas le droit de faire les plans d'un immeuble, faute du diplôme d'architecte proprement dit.

— Quel diplôme possédez-vous ?

— J'ai commencé par faire de la peinture.

— A quel âge ?

— A dix-sept ans.

— Vous aviez votre bachot ?

— Non. Tout jeune, je voulais devenir un artiste. Les tableaux que vous avez vus dans notre salon sont de moi.

Maigret n'avait pas été capable, tout à l'heure, de découvrir ce qu'ils représentaient, mais ils l'avaient gêné par ce qu'ils avaient de triste, de morbide. Ni les lignes ni les couleurs n'étaient nettes. Le ton qui dominait était un rouge violacé qui se mêlait à des verts étranges faisant penser à quelque lumière sous-marine et on aurait dit que la pâte s'était étendue d'elle-même, comme une tache d'encre sur un buvard.

— En somme, vous n'avez pas votre diplôme d'architecte et, si je comprends bien, n'importe qui peut s'intituler décorateur ?

— J'apprécie votre façon aimable de préciser. Je suppose que vous voulez me faire entendre que je suis un raté ?

Il avait un sourire amer aux lèvres.

— Vous en avez le droit. On me l'a déjà dit, poursuivit-il.

— Votre clientèle est nombreuse ?

— Je préfère peu de clients, qui ont confiance en moi et me donnent carte blanche, à beaucoup de clients qui exigeraient des concessions.

Maigret vida sa pipe, en ralluma une autre. Rarement interrogatoire avait commencé d'une façon aussi sourde.

— Vous êtes né à Paris ?

— Oui.

— Dans quel quartier ?

Moncin eut une hésitation.

— Au coin de la rue Caulaincourt et de la rue de Maistre.

C'est-à-dire au beau milieu du secteur où les cinq crimes et l'attentat manqué avaient eu lieu.

— Vous y êtes resté longtemps ?

— Jusqu'à mon mariage.

— Vous avez encore vos parents ?

— Seulement ma mère.

— Qui habite... ?

— Toujours le même immeuble, celui où je suis né.

— Vous êtes en bons termes avec elle ?

— Ma mère et moi nous sommes toujours bien entendus.

— Que faisait votre père, monsieur Moncin ?

Cette fois encore, il y eut une hésitation, alors que Maigret n'en avait noté aucune quand il avait été question de la mère.

— Il était boucher.

— A Montmartre ?

— A l'adresse que je viens de vous dire.

— Il est mort ?

— Quand j'avais quatorze ans.

— Votre mère a revendu le fonds de commerce ?

— Elle l'a mis en gérance un certain temps puis l'a revendu tout en conservant l'immeuble, où elle s'est réservé un appartement au quatrième.

On frappa un coup discret à la porte. Maigret se dirigea vers le bureau des inspecteurs d'où il revint en compagnie de quatre hommes qui, tous les quatre, avaient à peu près l'âge, la taille et l'aspect général de Moncin.

C'étaient des employés de la Préfecture que Torrence était allé quérir en hâte.

— Voulez-vous vous lever, monsieur Moncin, et prendre place avec ces messieurs contre le mur ?

Il y eut quelques minutes d'attente pendant lesquelles personne ne parla et enfin on frappa à nouveau à la porte.

— Entrez ! cria le commissaire.

Marthe Jusserand parut, fut surprise de trouver tant de monde dans le bureau, regarda d'abord Maigret, puis les hommes en rang, fronça les sourcils alors que ses yeux s'arrêtaient sur Moncin.

Tout le monde retenait sa respiration. Elle était devenue pâle, car elle venait soudain de comprendre et elle avait conscience de la responsabilité qui pesait sur ses épaules. Elle en avait conscience au point qu'on la vit sur le point de pleurer d'énervement.

— Prenez votre temps, lui conseilla le commissaire d'une voix encourageante.

— C'est lui, n'est-ce pas ? murmura-t-elle.

— Vous devez le savoir mieux que quiconque, puisque vous êtes la seule à l'avoir vu.

— J'ai l'impression que c'est lui. J'en suis persuadée. Et pourtant...

— Pourtant ?

— Je voudrais le voir de profil.

— Mettez-vous de profil, monsieur Moncin.

Il obéit sans qu'un muscle de son visage bougeât.

— J'en suis à peu près sûre. Il n'était pas vêtu de la même manière. Ses yeux non plus n'avaient pas la même expression...

— Ce soir, mademoiselle Jusserand, nous vous conduirons tous les deux à l'endroit où vous avez vu votre assaillant, sous le même éclairage, peut-être avec le même vêtement.

Des inspecteurs couraient les quais, la place Maubert, tous les endroits de Paris où rôdent des gens de la cloche à la recherche du veston au bouton manquant.

— Vous n'avez plus besoin de moi maintenant ?

— Non. Je vous remercie. Quant à vous, monsieur Moncin, vous pouvez vous rasseoir. Cigarette ?

— Merci. Je ne fume pas.

Maigret le laissa sous la garde de Lapointe et celui-ci avait pour instructions de ne pas le questionner, de ne pas lui parler, de ne répondre qu'évasivement au cas où on lui poserait des questions.

Dans le bureau des inspecteurs, le commissaire rencontra Lognon qui était venu prendre des instructions.

— Veux-tu passer chez moi et regarder à tout hasard le type qui s'y trouve avec Lapointe ?

Entre-temps, il donna un coup de téléphone au juge Coméliau, passa un moment chez le chef qu'il mit au courant. Quand il retrouva l'inspecteur Malgracieux, celui-ci, les sourcils froncés, avait l'air d'un homme qui cherche en vain à se rappeler quelque chose.

— Tu le connais ?

Lognon travaillait au commissariat des Grandes-Carrières depuis vingt-deux ans. Il habitait à cinq cents mètres de l'endroit où Moncin était né.

— Je suis sûr de l'avoir déjà vu. Mais où ? Dans quelles circonstances ?

— Son père était boucher rue Caulaincourt. Il est mort, mais la mère vit toujours dans l'immeuble. Viens avec moi.

Ils prirent une des petites voitures de la P.J. qu'un inspecteur conduisit jusqu'à Montmartre.

— Je cherche toujours. C'est énervant. Je suis certain de le connaître. Je jurerais même qu'il y a eu quelque chose entre nous...

— Tu lui as peut-être dressé une contravention ?

— Ce n'est pas cela. Cela me reviendra.

La boucherie était assez importante, avec trois ou quatre commis et une femme grassouillette à la caisse.

— Je monte avec vous ?

— Oui.

L'ascenseur était étroit. La concierge courut vers eux quand elle les vit y pénétrer.

— Pour qui est-ce ?

— Mme Moncin.

— Au quatrième.

— Je sais.

L'immeuble, encore que propre et bien entretenu, n'en était pas moins une ou deux classes en dessous de celui du boulevard Saint-Germain. La cage d'escalier était plus étroite, les portes aussi, et les marches, cirées ou vernies, n'avaient pas de tapis, des cartes de visite, sur les portes, remplaçaient le plus souvent les plaques de cuivre.

La femme qui leur ouvrit était beaucoup plus jeune que Maigret ne s'y était attendu et elle était très maigre, si nerveuse qu'elle en avait des tics.

— Qu'est-ce que vous voulez ?

— Commissaire Maigret, de la Police Judiciaire.

— C'est bien à moi que vous voulez parler ?

Autant son fils était blond, autant elle était

brune, avec des petits yeux brillants et quelques poils follets au-dessus de la lèvre.

— Entrez. J'étais occupée à faire mon ménage.

L'appartement n'en était pas moins en ordre. Les pièces étaient petites. Les meubles dataient du mariage de leur propriétaire.

— Vous avez vu votre fils, hier au soir ?

Cela suffit pour la raidir.

— Qu'est-ce que la police a à voir avec mon fils ?

— Veuillez répondre à ma question.

— Pourquoi l'aurais-je vu ?

— Je suppose qu'il vient parfois vous rendre visite ?

— Souvent.

— Avec sa femme ?

— Je ne vois pas ce que cela peut vous faire.

Elle ne les invitait pas à s'asseoir, restait debout, comme si elle espérait que l'entretien serait bref. Sur les murs, il y avait des photographies de Marcel Moncin à tous les âges, quelques-unes prises à la campagne, et aussi des dessins et des peintures naïves qu'il avait dû faire étant enfant.

— Votre fils est-il venu hier au soir ?

— Qui est-ce qui vous l'a dit ?

— Il est venu ?

— Non.

— Cette nuit non plus ?

— Il n'a pas l'habitude de me rendre visite pendant la nuit. Allez-vous m'expliquer, oui ou non, ce que signifient ces questions ? Je vous avertis que je ne répondrai plus. Je suis chez moi. Je suis libre de me taire.

— Madame Moncin, j'ai le regret de vous informer que votre fils est soupçonné d'avoir commis cinq meurtres au cours des derniers mois.

Elle lui fit face, prête à lui sauter aux yeux.

— Qu'est-ce que vous dites ?

— Nous avons de bonnes raisons de croire que

c'est lui qui assaille les femmes au coin des rues de Montmartre et qui, la nuit dernière, a raté son coup.

Elle se mit à trembler et il eut l'impression, sans raison précise, qu'elle jouait la comédie. Il lui semblait que sa réaction n'était pas la réaction normale d'une mère qui ne s'attend à rien de semblable.

— Oser accuser mon Marcel !... Mais si je vous dis, moi, que ce n'est pas vrai, qu'il est innocent, qu'il est aussi innocent que...

Elle se mettait à regarder les photographies de son fils enfant et, les doigts crispés, continuait :

— Regardez-le donc ! Regardez-le bien et vous n'oserez plus énoncer de pareilles monstruosités...

— Votre fils n'est pas venu ici dans les dernières vingt-quatre heures, n'est-ce pas ?

Elle répéta avec force :

— Non ! Non ! Et non !

— Quand l'avez-vous vu pour la dernière fois ?

— Je ne sais pas.

— Vous ne vous souvenez pas de ses visites ?

— Non.

— Dites-moi, madame Moncin, a-t-il, enfant, fait une maladie grave ?

— Rien de plus grave que la rougeole et une bronchite. Qu'est-ce que vous essayez de me faire admettre ? Qu'il est fou ? Qu'il l'a toujours été ?

— Lorsqu'il s'est marié, vous étiez consentante ?

— Oui. J'étais assez bête. C'est même moi qui...

Elle n'acheva pas sa phrase, qu'elle parut rattraper au vol.

— C'est vous qui avez arrangé le mariage ?

— Peu importe, à présent.

— Et, maintenant, vous n'êtes plus en bons termes avec votre bru ?

— Qu'est-ce que cela peut vous faire ? Il s'agit de la vie privée de mon fils, qui ne regarde personne, vous entendez, ni moi, ni vous. Si cette femme...

— Si cette femme... ?

— Rien ! Vous avez arrêté Marcel ?

— Il est dans mon bureau, quai des Orfèvres.

— Avec des menottes ?

— Non.

— Vous allez le mettre en prison ?

— C'est possible. C'est même probable. La jeune fille qu'il a attaquée la nuit dernière l'a reconnu.

— Elle ment. Je veux le voir. Je veux la voir, elle aussi, et lui dire...

C'était la quatrième ou la cinquième phrase qu'elle laissait ainsi en suspens. Elle avait les yeux secs, encore que brillants de fièvre ou de colère.

— Attendez-moi une minute. Je viens avec vous.

Maigret et Lognon se regardèrent. Elle n'y avait pas été invitée. C'était elle qui prenait tout à coup les décisions et on l'entendait, dans la chambre voisine, dont elle avait laissé la porte entrouverte, changer de robe, tirer un chapeau d'un carton.

— Si cela vous gêne que je vous accompagne, je prendrai le métro.

— Je vous avertis que l'inspecteur va rester ici et fouiller votre appartement.

Elle regarda le maigre Lognon comme si elle allait le prendre par la peau du dos et le pousser dans l'escalier.

— Lui ?

— Oui, madame. Si vous désirez que les choses se passent dans les règles, je suis disposé à signer un mandat de perquisition.

Sans répondre, mais en grommelant des mots qu'ils ne distinguèrent pas, elle se dirigea vers la porte en ordonnant à Maigret :

— Venez !

Et, du palier, à Lognon :

— Quant à vous, j'ai l'impression de vous avoir déjà vu. Si vous avez le malheur de casser quoi que ce soit, ou de mettre du désordre dans mes armoires...

Tout le long du chemin, dans la voiture, où elle était assise à côté de Maigret, elle parla pour elle-même, à mi-voix.

— Ah ! non, que cela ne se passera pas comme ça... J'irai aussi haut qu'il faudra... Je verrai le ministre, le président de la République si c'est nécessaire... Quant aux journaux, il faudra bien qu'ils publient ce que je leur dirai et...

Dans le couloir de la P.J., elle aperçut les photographes et, quand ils braquèrent vers elle leurs appareils, marcha droit sur eux avec l'intention évidente de les leur arracher. Ils durent battre en retraite.

— Par ici.

Lorsqu'elle se trouva soudain dans le bureau de Maigret où, en dehors de Lapointe qui paraissait assoupi, il n'y avait que son fils, elle s'arrêta, le regarda, soulagée, dit, sans se précipiter vers lui, mais en l'enveloppant d'un regard protecteur :

— N'aie pas peur, Marcel. Je suis ici.

Moncin s'était levé et adressait à Maigret un coup d'œil lourd de reproche.

— Qu'est-ce qu'ils sont en train de te faire ? Ils ne t'ont pas brutalisé, au moins ?

— Non, maman.

— Ils sont fous ! Je te dis, moi, qu'ils sont fous ! Mais je vais aller trouver le meilleur avocat de Paris. Peu importe le prix qu'il me demande. J'y laisserai tout ce que je possède s'il le faut. Je vendrai la maison. J'irai mendier dans les rues.

— Calme-toi, maman.

Il osait à peine la regarder en face et semblait s'excuser auprès des policiers de l'attitude de sa mère.

— Yvonne sait que tu es ici ?

110

Elle la cherchait des yeux. Comment, dans un moment pareil, sa bru n'était-elle pas au côté de son mari ?

— Elle le sait, maman.

— Qu'est-ce qu'elle a dit ?

— Si vous voulez vous asseoir, madame...

— Je n'ai pas besoin de m'asseoir. Ce que je veux, c'est qu'on me rende mon fils. Viens, Marcel. On verra bien s'ils oseront te retenir.

— Je suis au regret de vous répondre que oui.

— Ainsi, vous l'arrêtez ?

— Je le garde en tout cas à la disposition de la Justice.

— C'est du pareil au même. Vous avez bien réfléchi ? Vous vous rendez compte de vos responsabilités ? Je vous avertis que je ne me laisserai pas faire et que je vais remuer ciel et terre...

— Veuillez vous asseoir et répondre à quelques questions.

— A rien du tout !

Cette fois, elle marcha vers son fils, qu'elle embrassa sur les deux joues.

— N'aie pas peur, Marcel. Ne te laisse pas impressionner. Ta mère est là. Je m'occupe de toi. Tu auras bientôt de mes nouvelles.

Et, avec un dur regard à Maigret, elle se dirigea vers la porte d'un air décidé. Lapointe, par son attitude, réclamait des instructions. Maigret lui fit signe de la laisser partir et on l'entendit dans le couloir qui criait Dieu sait quoi aux journalistes.

— Votre mère paraît vous aimer beaucoup.

— Elle n'a plus que moi.

— Elle était très attachée à votre père ?

Il ouvrit la bouche pour répondre, préféra ne rien dire et le commissaire crut comprendre.

— Quelle sorte d'homme était votre père ?

Il hésita encore.

— Votre mère n'était pas heureuse avec lui ?

Alors, il laissa tomber avec une sourde rancune dans la voix :

— C'était un boucher.

— Vous en aviez honte ?

— Je vous en prie, monsieur le commissaire, ne me posez pas de questions pareilles. Je sais fort bien où vous voulez en venir et je puis vous dire que vous vous trompez sur toute la ligne. Vous avez vu dans quel état vous avez mis ma mère.

— Elle s'y est mise toute seule.

— Je suppose que, quelque part, boulevard Saint-Germain ou ailleurs, vos hommes sont occupés à faire subir le même traitement à ma femme ?

Ce fut au tour de Maigret de ne pas répondre.

— Elle n'a rien à vous apprendre. Pas plus que ma mère. Pas plus que moi. Interrogez-moi tant que vous voudrez, mais laissez-les tranquilles.

— Asseyez-vous.

— Encore ? Ce sera long ?

— Probablement.

— Je suppose que je n'aurai ni à boire ni à manger ?

— Qu'est-ce que vous désirez ?

— De l'eau.

— Vous ne préférez pas de la bière ?

— Je ne bois ni bière, ni vin, ni alcool.

— Et vous ne fumez pas, dit Maigret rêveusement.

Il attira Lapointe dans l'entrebâillement de la porte.

— Commence à l'interroger, par petites touches, sans aller au fond du sujet. Reparle-lui du complet : demande-lui son emploi du temps le 2 février, le 3 mars ; à toutes les dates où des crimes ont été commis à Montmartre. Cherche à savoir s'il allait voir sa mère à jour fixe, dans la journée ou le soir, et pourquoi les deux femmes sont brouillées...

Quant à lui, il alla déjeuner, seul à une table de

la Brasserie Dauphine, où il choisit un ragoût de veau qui avait une bonne odeur de cuisine familiale.

Il téléphona à sa femme pour lui annoncer qu'il ne rentrerait pas, faillit aussi téléphoner au professeur Tissot. Il aurait aimé le voir, bavarder avec lui comme ils l'avaient fait dans le salon des Pardon. Mais Tissot était un homme aussi occupé que lui. En outre, Maigret n'avait pas de questions précises à lui poser.

Il était las, mélancolique, sans raison précise. Il se sentait tout près du but. Les événements avaient été plus vite qu'il n'aurait osé l'espérer. L'attitude de Marthe Jusserand était significative et, si elle n'avait pas été plus catégorique, c'était parce qu'elle avait des scrupules. L'histoire du complet donné à un clochard ne tenait pas debout. D'ailleurs on ne tarderait sans doute pas à en entendre parler, car les clochards ne sont pas si nombreux à Paris et ils sont tous plus ou moins connus de la police.

— Vous n'avez plus besoin de moi, patron ?

C'était Mazet, qui avait joué le rôle de présumé coupable et qui, maintenant, n'avait plus rien à faire.

— Je suis passé au Quai. On m'a laissé jeter un coup d'œil sur le type. Vous croyez que c'est lui ?

Maigret haussa les épaules. Avant tout, il avait besoin de comprendre. Il est facile de comprendre un homme qui a volé, qui a tué pour ne pas être pris, ou par jalousie, ou dans un accès de colère, ou encore pour s'assurer un héritage.

Ces crimes-là, les crimes courants, en quelque sorte, lui donnaient parfois du mal, mais ne le troublaient guère.

— Des imbéciles ! avait-il coutume de grommeler.

Car il prétendait, comme certains de ses illustres devanciers, que, si les criminels étaient intelligents, ils n'auraient pas besoin de tuer.

Il n'en était pas moins capable de se mettre dans leur peau, de reconstituer leur raisonnement ou la chaîne de leurs émotions.

Devant un Marcel Moncin, il se sentait comme un néophyte, et c'était si vrai qu'il n'avait pas encore osé pousser l'interrogatoire.

Il ne s'agissait plus d'un homme comme un autre qui a enfreint les lois de la société, qui s'est mis plus ou moins consciemment en marge de celle-ci.

C'était un homme différent des autres, un homme qui tuait sans aucune des raisons que les autres pussent comprendre, d'une façon quasi enfantine, lacérant ensuite, comme à plaisir, les vêtements de ses victimes.

Or, dans un certain sens, Moncin était intelligent. Sa jeunesse n'avait rien eu de particulièrement anormal. Il s'était marié, paraissait faire bon ménage avec sa femme. Et, si sa mère était quelque peu excessive, il n'en existait pas moins entre eux des affinités.

Se rendait-il compte qu'il était perdu ? S'en était-il rendu compte, le matin, quand sa femme était allée le réveiller et lui avait annoncé que la police l'attendait au salon ?

Quelles sont les réactions d'un homme comme celui-là ? Est-ce qu'il souffrait ? Est-ce que, entre ses crises, il avait la honte, ou la haine de lui-même et de ses instincts ? Est-ce qu'au contraire il éprouvait une certaine satisfaction à se sentir différent des autres, une différence qui, dans son esprit, s'appelait peut-être supériorité ?

— Du café, Maigret ?

— Oui.

— Une fine ?

Non ! S'il buvait, il risquait de s'assoupir et il était déjà assez lourd, comme cela arrivait presque toujours à certain point d'une enquête, quand il essayait de s'identifier aux personnages à qui il avait affaire.

— Il paraît que vous le tenez ?

Il regarda le patron de ses gros yeux.

— C'est dans le journal de midi.. On a l'air de dire que, cette fois-ci, c'est le bon. Il vous aura donné du mal, celui-là ! Certains prétendaient que, comme pour Jack l'Eventreur, on ne le découvrirait jamais.

Il but son café, alluma une pipe et sortit dans l'air chaud, immobile, prisonnier entre les pavés et le ciel bas qui devenait couleur d'ardoise.

Une sorte de gueux était assis sur une chaise, sa casquette entre les mains, dans le bureau des inspecteurs, et il portait une veste qui jurait avec le reste de sa tenue.

C'était le fameux veston de Marcel Moncin.

— Où l'avez-vous trouvé, celui-là ? demanda Maigret à ses hommes.

— Sur le quai, près du pont d'Austerlitz.

Il ne questionnait pas le clochard mais ses inspecteurs.

— Qu'est-ce qu'il dit ?

— Qu'il a trouvé le veston sur la berge.

— Quand ?

— Ce matin à six heures.

— Et le pantalon ?

— Il y était aussi. Ils étaient deux copains. Ils se sont partagé le complet. Nous n'avons pas encore mis la main sur celui au pantalon, mais cela ne tardera pas.

Maigret s'approcha du pauvre bougre, se pencha, vit en effet, au revers, le trou fait par une cigarette.

— Enlève ça.

Il n'y avait pas de chemise en dessous mais seulement une camisole déchirée.

— Tu es sûr que c'était ce matin ?

— Mon ami vous le dira. C'est le Grand Paul. Tous ces messieurs le connaissent.

Maigret aussi, qui tendit le vêtement à Torrence.

— Porte-le chez Moers. Je ne sais pas si c'est possible mais il me semble qu'on doit pouvoir déterminer, par des analyses, si une brûlure dans du tissu est récente ou ancienne. Dis-lui que, dans le cas présent, c'est une question de quarante-huit heures. Tu comprends ?

— Je comprends, patron.

— Si le revers a été brûlé la nuit dernière ou ce matin...

Il désigna son propre bureau.

— Où en sont-ils, là-dedans ?

— Lapointe a fait monter de la bière et des sandwiches.

— Pour les deux ?

— Les sandwiches, oui. L'autre a pris de l'eau de Vichy.

Maigret poussa la porte. Lapointe, assis à sa place, penché sur des papiers sur lesquels il prenait des notes, cherchait une nouvelle question à poser.

— Tu as eu tort d'ouvrir la fenêtre. Cela n'apporte que de l'air chaud.

Il alla la fermer. Moncin le suivait des yeux, avec un air de reproche, comme un animal que des enfants torturent et qui ne peut se défendre.

— Laisse voir.

Il parcourut les notes, questions et réponses, qui ne lui apprenaient rien.

— Pas de nouveau développement ?

— Maître Rivière a téléphoné pour annoncer qu'il s'occupait de la défense. Il voulait venir tout de suite. Je l'ai prié de s'adresser au juge d'instruction.

— Tu as bien fait. Ensuite ?

— Janvier a téléphoné du boulevard Saint-Germain. Il y a, dans le bureau, des grattoirs de tous les modèles qui ont pu servir aux différents crimes. Dans la chambre, il a trouvé aussi un couteau à cran d'arrêt d'un modèle courant, dont la lame n'a pas plus de huit centimètres.

Le médecin légiste qui avait pratiqué les autopsies, le docteur Paul, avait beaucoup parlé de l'arme, qui l'avait intrigué. D'habitude, les crimes de cette sorte sont commis à l'aide de couteaux de boucher, ou de couteaux de cuisine assez importants, ou enfin avec des poignards, des stylets.

— D'après la forme et la profondeur des blessures, je serais tenté de dire qu'on s'est servi d'un canif ordinaire, avait-il dit. Bien entendu, un canif ordinaire se serait replié. Il est indispensable qu'il soit tout au moins à cran d'arrêt. A mon avis, l'arme n'est pas redoutable en elle-même. Ce qui la rend mortelle, c'est l'adresse avec laquelle on en use.

— Nous avons retrouvé votre veston, monsieur Moncin.

— Sur les quais ?

— Oui.

Il ouvrit la bouche, mais se tut. Qu'est-ce qu'il avait failli demander ?

— Vous avez bien mangé ?

Le plateau était encore là et il restait un demi-sandwich au jambon. La bouteille de Vichy était vide.

— Fatigué ?

Il répondit par un demi-sourire résigné. Tout, chez lui, y compris ses vêtements, était en demi-teintes. Il avait gardé, de l'adolescence, quelque chose de timide et de gentil qui était difficile à exprimer. Cela tenait-il à la blondeur de ses cheveux, à son teint, à ses yeux bleus, ou encore à une santé fragile ?

Sans doute, dès le lendemain, passerait-il entre les mains des médecins et des psychiatres. Mais il ne fallait pas aller trop vite. Après il serait trop tard.

— Je prends ta place, dit Maigret à Lapointe.

— Je peux aller ?

— Attends à côté. Préviens-moi si Moers découvre du nouveau.

La porte refermée, il retira son veston, se laissa tomber dans son fauteuil et mit les coudes sur le bureau. Pendant cinq minutes peut-être il laissa peser son regard sur Marcel Moncin, qui avait détourné la tête et qui fixait la fenêtre.

— Vous êtes très malheureux ? murmura-t-il enfin comme à son corps défendant.

L'homme tressaillit, évita de le regarder, fut un instant avant de répondre :

— Pourquoi serais-je malheureux ?

— Quand avez-vous découvert que vous n'étiez pas comme les autres ?

Il y eut un frémissement sur le visage du décorateur qui parvint néanmoins à ricaner :

— Vous trouvez que je ne suis pas comme les autres ?

— Lorsque vous étiez jeune homme...

— Eh bien ?

— Vous saviez déjà ?

Maigret avait la sensation, à ce moment-là, que, s'il trouvait les mots exacts qu'il fallait dire, la barrière disparaîtrait entre lui et celui qui, de l'autre côté du bureau, se tenait raide sur sa chaise. Il n'avait pas inventé le frémissement. Un décalage s'était produit, l'espace de quelques secondes, et il s'en était sans doute fallu de peu pour que, par exemple, les yeux de Marcel Moncin s'embuent.

— Vous n'ignorez pas que vous ne risquez ni l'échafaud, ni la prison, n'est-ce pas ?

Maigret s'était-il trompé de tactique ? Avait-il choisi la mauvaise phrase ?

Son interlocuteur était à nouveau raidi, maître de lui, d'un calme absolu en apparence.

— Je ne risque rien, puisque je suis innocent.

— Innocent de quoi ?

— De ce que vous me reprochez. Je n'ai plus rien à vous dire. Je ne vous répondrai plus.

Ce n'était pas une parole en l'air. On sentait qu'il avait pris une décision et qu'il s'y tiendrait.

— Comme vous voudrez, soupira le commissaire en pressant un timbre.

7

A la grâce de Dieu !

Maigret commit une faute. Quelqu'un d'autre, à sa place, l'aurait-il évitée ? C'est une question qu'il devait se poser souvent par la suite et à laquelle, bien entendu, il n'obtint jamais de réponse satisfaisante.

Il devait être environ trois heures et demie quand il monta au laboratoire et Moers lui demanda :

— Vous avez reçu mon mot ?

— Non.

— Je viens de vous l'envoyer et sans doute avez-vous croisé l'employé que j'ai chargé de vous le porter. La brûlure, dans le veston, ne date pas de plus de douze heures. Si vous désirez que je vous explique...

— Non. Tu es sûr de ce que tu avances ?

— Certain. Je vais néanmoins procéder à des expériences. Je suppose que rien ne m'empêche de brûler le veston à deux autres endroits, dans le dos, par exemple ? Ces brûlures témoins pourront servir si l'affaire va jusqu'aux Assises.

Maigret fit oui de la tête et redescendit. Au même moment, Marcel Moncin devait déjà se trouver à l'Identité Judiciaire où il se mettait nu pour un premier examen médical et pour les mensurations habituelles puis où, rhabillé, mais sans cravate, on allait le photographier de face et de profil.

Les journaux publiaient déjà des photographies prises par les reporters quand il était arrivé au Quai et des inspecteurs, munis, eux aussi, de portraits, battaient une fois de plus le quartier des Grandes-Carrières, posant sans fin les mêmes questions aux employés du métro, aux commerçants, à tous ceux qui auraient pu remarquer le décorateur la veille ou lors des précédents attentats.

Dans la cour de la P.J., le commissaire monta dans une des voitures et se fit conduire boulevard Saint-Germain. La même bonne que le matin répondit à son coup de sonnette.

— Votre collègue est dans le salon, lui annonça-t-elle.

Elle parlait de Janvier qui s'y trouvait seul, à mettre au net les notes prises au cours de sa perquisition.

Les deux hommes étaient aussi fatigués l'un que l'autre.

— Où est la femme ?

— Il y a environ une demi-heure elle m'a demandé la permission d'aller s'étendre.

— Comment s'est-elle comportée le reste du temps ?

— Je ne l'ai pas beaucoup vue. De temps en temps, elle est venue jeter un coup d'œil dans la pièce où je me trouvais pour savoir ce que je faisais.

— Tu ne l'as pas questionnée ?

— Vous ne me l'aviez pas dit.

— Je suppose que tu n'as rien trouvé d'intéressant ?

— J'ai bavardé avec la bonne. Elle n'est ici que depuis six mois. Le couple recevait peu, ne sortait pas davantage. Les Moncin ne semblent pas avoir d'amis intimes. De temps en temps, ils vont passer le *week-end* chez les beaux-parents qui possèdent, paraît-il, une villa à Triel, où ils habitent toute l'année.

— Quelle sorte de gens ?

— Le père est un pharmacien de la place Clichy qui s'est retiré il y a quelques années.

Lapointe montra à Maigret la photographie d'un groupe dans un jardin. On reconnaissait Moncin en veston clair, sa femme qui portait une robe légère, un homme à barbiche poivre et sel ainsi qu'une femme assez grosse qui souriait béatement, la main sur le capot d'une automobile.

— En voici une autre. La jeune femme aux deux enfants est la sœur de Mme Moncin, qui a épousé un garagiste de Levallois. Elles ont aussi un frère qui vit en Afrique.

Il y avait une pleine boîte de photographies, surtout de Mme Moncin, dont une en première communiante, et l'inévitable portrait du couple le jour de son mariage.

— Quelques lettres d'affaires, pas beaucoup. Il ne paraît pas avoir plus d'une douzaine de clients. Des factures. A ce que je peux voir, ils ne les paient qu'après que les fournisseurs ont réclamé trois ou quatre fois.

— Mme Moncin, qui avait peut-être entendu entrer le commissaire, ou que la domestique avait avertie, paraissait dans l'encadrement de la porte, le visage plus tiré que le matin, et on voyait qu'elle venait de se recoiffer et de se repoudrer le visage.

— Vous ne l'avez pas ramené ? questionnat-elle.

— Pas avant qu'il nous fournisse une explication satisfaisante de certaines coïncidences.

— Vous croyez vraiment que c'est lui ?

Il ne répondit pas et, de son côté, elle ne se mit pas à protester avec véhémence, se contenta de hausser les épaules.

— Vous vous apercevrez un jour que vous vous êtes trompé et vous regretterez alors le mal que vous lui faites.

— Vous l'aimez ?

La question, à peine posée, lui parut sotte.

— C'est mon mari, répondit-elle.

Cela signifiait-il qu'elle l'aimait ou que, étant sa femme, elle se devait de rester à son côté ?

— Vous l'avez mis en prison ?

— Pas encore. Il est au Quai des Orfèvres. On va le questionner à nouveau.

— Qu'est-ce qu'il dit ?

— Il refuse de répondre. Vous n'avez vraiment rien à me communiquer, madame Moncin ?

— Rien.

— Vous vous rendez compte, n'est-ce pas, que, si même votre mari est coupable, comme j'ai tout lieu de le supposer, ce n'est ni la guillotine, ni les travaux forcés qui l'attendent. Je le lui ai répété tout à l'heure. Je ne doute pas, en effet, que les médecins le déclarent irresponsable. L'homme qui, par cinq fois, a tué des femmes dans la rue pour lacérer ensuite leurs vêtements est un malade. Lorsqu'il n'est pas en état de crise, il peut donner le change. Il donne certainement le change, puisque personne ne s'est étonné jusqu'ici de ses attitudes. Vous m'écoutez ?

— J'écoute.

Elle écoutait peut-être, mais on aurait pu croire que cette digression ne la concernait pas et qu'il n'était nullement question de son mari. Il lui arriva même de suivre des yeux une mouche qui gravitait sur le tulle d'un rideau.

— Cinq femmes sont mortes jusqu'ici et tant que le tueur, ou le maniaque, ou le dément, appelez-le comme vous voudrez, restera en liberté, d'autres vies seront en danger. Vous en rendez-vous compte ? Vous rendez-vous compte aussi que si, jusqu'ici, il n'a attaqué que des passantes dans la rue, le processus peut changer, qu'il s'en prendra peut-être demain à des personnes de son entourage ? Vous n'avez pas peur ?

— Non.

— Vous n'avez pas l'impression que, pendant des mois, peut-être des années, vous avez couru un danger mortel ?

— Non.

C'était décourageant. Son attitude n'était même pas du défi. Elle restait calme, presque sereine.

— Vous avez vu ma belle-mère ? Qu'est-ce qu'elle a dit ?

— Elle a protesté. Puis-je vous demander pourquoi vous êtes en froid toutes les deux ?

— Je ne tiens pas à parler de ces choses-là. Cela n'a pas d'importance.

Que faire d'autre ?

— Tu peux venir, Janvier.

— Vous n'allez pas me renvoyer mon mari ?

— Non.

Elle les reconduisit jusqu'à la porte qu'elle referma derrière eux. Ce fut à peu près tout pour cet après-midi-là. Maigret dîna avec Lapointe et Janvier tandis que Lucas, à son tour, restait en tête à tête avec Marcel Moncin dans le bureau du commissaire. Ensuite, il fallut employer la ruse pour faire sortir le suspect des locaux de la P.J., car les journalistes et les photographes s'étaient installés dans les couloirs et les antichambres.

Quelques grosses gouttes de pluie s'étaient écrasées sur les pavés, vers huit heures, et tout le monde avait espéré l'orage, mais, s'il avait éclaté, c'était quelque part vers l'est, où le ciel était encore d'un noir vénéneux.

On n'attendit pas l'heure exacte à laquelle l'attentat manqué de la nuit précédente s'était produit étant donné que, dès neuf heures, les rues étaient aussi sombres, l'éclairage exactement le même.

Maigret sortit seul, par le grand escalier, en bavardant avec les reporters. Lucas et Janvier feignirent de conduire Moncin à la Souricière, menottes aux poignets cette fois, mais, une fois en bas, gagnèrent le Dépôt où ils le firent monter dans une voiture.

Ils se retrouvèrent tous au coin de la rue Norvins où Marthe Jusserand attendait déjà en compagnie de son fiancé.

Cela ne prit que quelques minutes. Moncin fut amené à l'endroit précis où la jeune fille avait été attaquée. On lui avait remis son veston brûlé.

— Il n'y avait pas d'autres lumières ?

L'auxiliaire regarda autour d'elle, hocha la tête.

— Non. C'était bien la même chose.

— Maintenant, essayez de le regarder dans l'angle où vous l'avez vu.

Elle se pencha de différentes façons, fit placer l'homme à deux ou trois endroits.

— Vous le reconnaissez ?

Fort émue, la poitrine gonflée, elle murmura, après un rapide coup d'œil à son fiancé qui se tenait discrètement à l'écart :

— C'est mon devoir de dire la vérité, n'est-ce pas ?

— C'est votre devoir.

Un autre coup d'œil sembla demander pardon à Moncin qui attendait, comme indifférent.

— Je suis certaine que c'est lui.

— Vous le reconnaissez formellement ?

Elle fit oui de la tête et soudain, elle qui avait été si brave, elle éclata en sanglots.

— Je n'ai plus besoin de vous ce soir. Je vous remercie, lui dit Maigret en la poussant dans la direction de son fiancé. Vous avez entendu, monsieur Moncin ?

— J'ai entendu.

— Vous n'avez rien à dire ?

— Rien.

126

— Reconduisez-le, vous autres.

— Bonne nuit, patron.

— Bonne nuit, mes enfants.

Maigret monta dans une des voitures.

— Chez moi, boulevard Richard-Lenoir.

Mais, cette fois, il se fit arrêter près du square d'Anvers pour boire un demi dans une brasserie. Son rôle, à lui, était pratiquement terminé. Demain matin, le juge Coméliau voudrait sans doute interroger Moncin et l'enverrait ensuite chez les spécialistes pour un examen mental.

Il ne resterait plus à la P.J. qu'un travail de routine, rechercher des témoins, les questionner, constituer un dossier aussi complet que possible.

Pourquoi Maigret n'était pas satisfait, c'était une autre histoire. Professionnellement, il avait fait tout ce qu'il devait faire. Seulement, il n'avait pas encore compris. Le « choc » ne s'était pas produit. A aucun moment, il n'avait eu la sensation d'un contact humain entre lui et le décorateur.

L'attitude de Mme Moncin le troublait aussi. Avec elle, il essayerait encore.

— Tu parais éreinté, remarqua Mme Maigret, c'est vraiment fini ?

— Qui dit cela ?

— Les journaux. La radio aussi.

Il haussa les épaules. Après tant d'années, elle croyait encore ce qu'impriment les journaux !

— Dans un certain sens, c'est fini, oui.

Il entra dans la chambre, commença à se déshabiller.

— J'espère que, demain, tu vas pouvoir dormir un peu plus tard ?

Il l'espérait également. Il n'était pas tant fatigué qu'écœuré, sans pouvoir dire au juste pourquoi.

— Tu es mécontent ?

— Non. Ne t'inquiète pas. Tu sais que cela m'arrive souvent dans des cas comme celui-ci.

L'excitation de l'enquête, de la recherche, n'existait plus, et on se trouvait soudain dans une sorte de vide.

— Il ne faut pas y faire attention. Verse-moi un petit verre, que je dorme comme une brute pendant dix heures.

Il ne regarda pas l'heure avant de s'endormir, se tourna pendant un certain temps dans les draps déjà moites tandis qu'un chien s'obstinait à hurler quelque part dans le quartier.

Il n'avait plus aucune notion du temps, ni de rien, pas même de l'endroit où il se trouvait quand la sonnerie du téléphone retentit. Il laissa sonner assez longtemps, tendit la main si maladroitement qu'il renversa le verre d'eau sur sa table de nuit.

— Allô...

Sa voix était enrouée.

— C'est vous, monsieur le commissaire ?

— Qui est-ce qui parle ?

— Ici, Lognon... Je vous demande pardon de vous déranger...

Il y avait quelque chose de triste dans la voix de l'inspecteur Malgracieux.

— Oui. Je t'écoute. Où es-tu ?

— Rue de Maistre...

Et, baissant le ton, Lognon poursuivait comme à regret :

— Un nouveau crime vient d'avoir lieu... Une femme... A coups de couteau... Sa robe a été lacérée...

Mme Maigret avait fait de la lumière. Elle vit son mari, resté couché jusque-là, se mettre sur son séant et se frotter les yeux.

— Vous êtes sûr ?... Allô ! Lognon ?

— Oui. C'est toujours moi.

— Quand ? Et, d'abord, quelle heure est-il ?

— Minuit dix.

— Quand cela a-t-il eu lieu ?

— Il y a environ trois quarts d'heure. J'ai essayé

de vous atteindre au Quai. J'étais tout seul dans mon service.

— J'arrive...

— Encore une ? questionna sa femme.

Il fit signe que oui.

— Je croyais que l'assassin était sous les verrous ?

— Moncin est à la Souricière. Appelle-moi la P.J. pendant que je commence à m'habiller.

— Allô... La Police Judiciaire ?... Le commissaire Maigret va vous parler...

— Allô ! Qui est à l'appareil ? grommela Maigret. C'est toi, Mauvoisin ? Tu es déjà au courant, par Lognon ? Je suppose que notre homme n'a pas bougé ? Comment ?... Tu viens de t'en assurer ?... Je m'en occupe... Veux-tu m'envoyer tout de suite une voiture ?... Chez moi, oui...

Mme Maigret comprit que le mieux à faire en l'occurrence était de se taire et ce fut elle qui ouvrit le buffet pour verser un verre de prunelle qu'elle tendit à son mari. Il la but machinalement et elle le suivit jusqu'au palier, écouta ses pas décroître dans l'escalier.

Chemin faisant, il ne desserra pas les dents, regardant droit devant lui et, une fois descendu près d'un groupe d'une vingtaine de personnes, à un endroit mal éclairé de la rue de Maistre, fit claquer la portière derrière lui.

Lognon venait à sa rencontre avec la mine de quelqu'un qui annonce un décès dans la famille.

— J'étais à la permanence quand on m'a alerté par téléphone. Je suis accouru aussitôt.

Une ambulance était au bord du trottoir, avec les infirmiers qui attendaient qu'on leur donne des instructions et qui faisaient des taches plus claires dans la nuit. Il y avait aussi quelques curieux qui se taisaient, impressionnés.

Une silhouette féminine était allongée sur le

trottoir, presque contre le mur, et une rigole de sang zigzaguait, sombre, déjà épaisse.

— Morte ?

Quelqu'un s'approcha, un médecin du quartier, Maigret le comprit par la suite.

— Je compte au moins six coups de couteau, dit-il. Je n'ai pu me livrer qu'à un examen superficiel.

— Toujours dans le dos ?

— Non. Quatre au moins dans la poitrine. Un autre à la gorge, qui semble avoir été porté après les autres et probablement alors que la victime était déjà tombée.

— Le coup de grâce ! ricana Maigret.

Cela ne signifiait-il pas que, pour lui aussi, ce crime était une sorte de coup de grâce ?

— Il y a des blessures moins profondes aux avant-bras et aux mains.

Cela lui fit froncer les sourcils.

— On sait qui c'est ? questionna-t-il en désignant la morte.

— J'ai trouvé sa carte d'identité dans son sac à main. Une certaine Jeanine Laurent, bonne à tout faire, au service des époux Durandeau, rue de Clignancourt.

— Quel âge ?

— Dix-neuf ans.

Maigret préféra ne pas la regarder. La petite bonne avait certainement mis sa meilleure robe, en tulle bleu ciel, presque une robe de bal. Sans doute était-elle allée danser. Elle portait des souliers à talons très hauts dont un lui était sorti du pied.

— Qui a donné l'alarme ?

— Moi, monsieur le commissaire.

C'était un agent cycliste, qui attendait patiemment son tour.

— J'effectuais ma ronde avec mon camarade ici présent quand j'avisai, sur le trottoir de gauche...

Il n'avait rien vu. Quand il s'était penché sur le corps, celui-ci était encore chaud et le sang continuait à couler des blessures. A cause de cela, il avait cru un instant que la jeune fille n'était pas morte.

— Qu'on la transporte à l'Institut Médico-Légal et qu'on prévienne le docteur Paul.

Et, à Lognon :

— Tu as donné des instructions ?

— J'ai lancé dans le quartier tous les hommes que j'ai pu trouver.

A quoi bon ? Cela n'avait-il pas été déjà fait sans résultat ? Une auto arrivait en trombe, stoppait dans un grincement de freins, le petit Rougin en jaillissait, les cheveux en bataille.

— Alors, mon cher commissaire ?

— Qui vous a prévenu ?

Maigret était grognon, agressif.

— Quelqu'un de la rue... Il existe des gens qui croient encore à l'utilité de la presse... Alors, ce n'est toujours pas le bon ?

Sans s'occuper davantage du commissaire, il se précipitait vers le trottoir, suivi de son photographe, et, pendant que celui-ci opérait, il interrogeait les curieux autour de lui.

— Occupe-toi du reste, grommela Maigret à l'adresse de Lognon.

— Vous n'avez besoin de personne ?

Il fit signe que non et regagna sa voiture, tête basse, avec l'air de broyer des pensées indigestes.

— Où allons-nous, patron ? questionna son chauffeur.

Il le regarda sans savoir que répondre.

— Descends toujours vers la place Clichy ou la place Blanche.

Il n'avait rien à faire au Quai des Orfèvres. Que pouvait-on tenter de plus que ce qui avait été fait ?

Il n'avait pas le courage non plus d'aller s'enfoncer dans son lit.

— Attends-moi ici.

Ils avaient atteint les lumières de la place Blanche où il y avait encore des lumières aux terrasses.

— Qu'est-ce que je vous sers ?

— Ce que vous voudrez.

— Un demi ? Une fine ?

— Un demi.

A une table voisine, une femme aux cheveux platinés, les seins à moitié découverts par une robe collante, s'efforçait, à mi-voix, de décider son compagnon à l'emmener dans une boîte dont on voyait, en face, l'enseigne au néon.

— Je t'assure que tu ne le regretteras pas. C'est peut-être cher, mais...

L'autre comprenait-il ? C'était un Américain, ou un Anglais, qui hochait la tête en répétant :

— *No !... No !*

— Tu ne sais rien dire d'autre ?... *No !... No !...* Et si, moi, je disais « *No* » aussi et si je te lâchais ?...

Il lui souriait, placide, et elle s'impatientait, appelait le garçon pour commander une nouvelle tournée.

— Vous me donnerez aussi un sandwich. Puisqu'il ne veut pas aller souper en face...

D'autres gens, ailleurs, discutaient des sketches d'une revue qu'ils venaient de voir dans un cabaret des environs. Un Arabe vendait des cacahuètes. Une vieille marchande de fleurs reconnut Maigret et préféra s'éloigner.

Il fuma trois pipes pour le moins, sans bouger, à regarder les passants défiler, les taxis, à écouter des bribes de conversations, comme s'il avait besoin de se retremper dans la vie de tous les jours.

Une femme d'une quarantaine d'années, grasse mais encore appétissante, installée seule devant un guéridon sur lequel une menthe à l'eau était servie, lui adressait des sourires engageants sans se douter de son identité.

Il fit signe au garçon.

— Un autre ! commanda-t-il.

Il fallait qu'il se donne le temps de se calmer. Tout à l'heure, rue de Maistre, sa première impulsion avait été de se précipiter à la Souricière, d'entrer dans la cellule de Marcel Moncin et de le secouer jusqu'à ce qu'il parle.

— Avoue, crapule, que c'est toi...

Il en avait une certitude quasi douloureuse. Il était impossible qu'il se soit trompé sur toute la ligne. Et, maintenant, ce n'était plus de la pitié, ni même de la curiosité, qu'il ressentait pour le faux architecte. C'était de la colère, presque de la rage.

Elle s'évaporait petit à petit dans la fraîcheur relative de la nuit, au frottement du spectacle de la rue.

Il avait commis une faute, il le savait, et, maintenant, il savait laquelle.

Il était trop tard pour la rattraper puisqu'une gamine était morte, une fille de la campagne qui, comme des milliers d'autres chaque année, était venue tenter sa chance à Paris et qui était allée danser après une journée passée dans une cuisine.

Il était même trop tard pour vérifier l'idée qui lui était venue. A cette heure-ci, il ne trouverait rien. Et, si des indices existaient, s'il y avait une chance de recueillir des témoignages, cela pouvait attendre le lendemain matin.

Ses hommes étaient aussi harassés que lui. Il y avait trop longtemps que cela durait. Quand ils liraient les journaux, le matin, dans le métro ou l'autobus, en se rendant au Quai des Orfèvres, ils éprouveraient tous la même stupeur, le même accablement qui s'étaient emparés tout à l'heure du commissaire. N'y en aurait-il pas quelques-uns pour douter de lui ?

Lognon, en lui téléphonant, était gêné et, rue de

Maistre, avait presque l'air de lui présenter des condoléances.

Il imaginait la réaction du juge Coméliau, son coup de téléphone impérieux dès qu'il ouvrirait son journal.

Lourdement, il se dirigea vers l'intérieur de la brasserie et demanda un jeton au comptoir. C'était pour téléphoner à sa femme.

— C'est toi ? s'exclama-t-elle, surprise.

— Je veux simplement t'annoncer que je ne rentrerai pas cette nuit.

Sans raison précise, d'ailleurs. Il n'avait rien à faire immédiatement, sinon mijoter dans son jus. Il éprouvait le besoin de se retrouver dans l'atmosphère familière du Quai des Orfèvres, de son bureau, avec quelques-uns de ses hommes.

Il ne voulait pas dormir. Il serait temps quand ce serait fini une bonne fois, et alors peut-être même se déciderait-il à demander des vacances.

Il en était toujours ainsi. Il se promettait des vacances puis, quand le moment était venu, trouvait des excuses pour rester à Paris.

— Je vous dois, garçon ?

Il paya, se dirigea vers la petite auto.

— Au Quai !

Il retrouva Mauvoisin avec deux ou trois autres et l'un d'eux mangeait du saucisson en l'arrosant de vin rouge.

— Ne vous dérangez pas pour moi, mes enfants. Rien de nouveau ?

— Toujours la même chose. On interpelle des passants. On a arrêté deux étrangers dont les papiers n'étaient pas en règle.

— Téléphone à Janvier et à Lapointe. Demande-leur à tous les deux d'être ici à cinq heures et demie du matin.

Pendant une heure environ, seul dans son bureau, il lut et relut les procès-verbaux des interrogatoires, en particulier celui de la mère de Moncin et celui de sa femme.

Après cela, il s'affala dans son fauteuil et, la chemise ouverte sur sa poitrine, parut somnoler, face à la fenêtre. Peut-être lui arriva-t-il de s'assoupir ? Il n'en eut pas conscience. En tout cas, il n'entendit pas Mauvoisin entrer à certain moment dans son bureau et se retirer sur la pointe des pieds.

Les vitres pâlirent, le ciel tourna au gris, puis au bleu, et le soleil perça enfin. Quand Mauvoisin entra une seconde fois, il apportait une tasse de café qu'il venait de préparer sur un réchaud et Janvier était arrivé, Lapointe n'allait pas tarder.

— Quelle heure est-il ?

— Cinq heures vingt-cinq.

— Ils sont là ?

— Janvier. Quant à Lapointe...

— J'arrive, patron, lançait la voix de celui-ci.

Ils étaient rasés tous les deux alors que les nuiteux avaient les joues râpeuses, le teint barbouillé.

— Entrez tous les deux.

Etait-ce une nouvelle faute de ne pas se mettre en rapport avec le juge Coméliau ? Si oui, il en prenait, comme pour les autres, la responsabilité.

— Toi, Janvier, tu vas te rendre rue Caulaincourt. Emmène un collègue avec toi, n'importe qui, celui qui est le plus frais.

— Chez la vieille ?

— Oui. Tu me l'amèneras. Elle protestera, refusera probablement.

— C'est sûr.

Il lui tendit un papier qu'il venait de signer avec l'air de vouloir écraser sa plume.

— Tu lui remettras cette convocation. Quant à toi, Lapointe, tu iras me chercher Mme Moncin boulevard Saint-Germain.

— Vous me donnez une convocation aussi ?

— Oui. Avec elle, je doute que ce soit indispensable. Vous me les mettrez ensemble dans un bureau que vous aurez soin de boucler et vous viendrez m'avertir.

— Le Baron et Rougin sont dans le couloir.

— Parbleu !

— Cela ne fait rien ?

— Ils peuvent les voir.

Ils passèrent tous les deux dans le bureau des inspecteurs où les lampes étaient encore allumées et Maigret ouvrit la porte de son placard. Il y gardait toujours de quoi se raser. Il le fit et se coupa légèrement au-dessus de la lèvre.

— Tu as encore du café, Mauvoisin ? cria-t-il.

— Dans un moment, patron. Je suis en train d'en préparer une seconde tournée.

Dehors, les remorqueurs, les premiers, s'étaient mis à vivre, allant chercher le long des quais leur chapelet de péniches qu'ils emmèneraient vers la haute ou la basse Seine. Quelques autobus franchissaient le pont Saint-Michel presque désert et, juste à côté de celui-ci, un pêcheur à la ligne était installé, les jambes pendant au-dessus de l'eau sombre.

Maigret commença à aller et venir, évitant le couloir et les reporters, tandis que les inspecteurs se gardaient bien de lui poser des questions et même de le regarder en face.

— Lognon n'a pas téléphoné ?

— Vers quatre heures, pour annoncer qu'il n'y avait rien de nouveau, sauf que la petite est bien allée danser dans une boîte près de la place du Tertre. Elle s'y rendait une fois la semaine, n'avait pas d'amoureux régulier.

— Elle en est partie seule ?

— C'est ce que pensent les garçons, mais ils n'en sont pas sûrs. Ils ont l'impression qu'elle était sage.

On entendit du bruit dans le couloir, une voix de femme haut perchée, sans pourtant qu'on puisse distinguer les mots prononcés.

Quelques instants plus tard, Janvier entra dans le bureau avec la mine d'un homme qui vient d'accomplir une tâche peu réjouissante.

— Ça y est ! Cela n'a pas été sans peine.

— Elle était couchée ?

— Oui. Elle m'a d'abord parlé à travers la porte, refusant d'ouvrir. J'ai dû la menacer d'aller chercher un serrurier. Elle a fini par passer une robe de chambre.

— Tu as attendu pendant qu'elle s'habillait ?

— Sur le palier. Elle refusait toujours de me laisser entrer dans l'appartement.

— Elle est seule, à présent ?

— Oui. Voici la clef.

— Va attendre Lapointe dans le couloir.

Il fallut encore une dizaine de minutes et les deux inspecteurs rejoignirent Maigret ensemble.

— Elles y sont ?

— Oui.

— Cela a produit des étincelles ?

— Elles n'ont échangé qu'un regard et ont affecté de ne pas se connaître.

Janvier hésita, risqua une question.

— Qu'est-ce qu'on fait, maintenant ?

— Tout de suite, rien. Installe-toi dans le bureau voisin, près de la porte de communication. Si elles se décident à parler, efforce-toi d'entendre.

— Sinon ?

Maigret esquissa un geste vague. Cela ne signifiait-il pas :

— A la grâce de Dieu !

La mauvaise humeur de Moncin

A neuf heures, les deux femmes, enfermées dans un bureau exigu, n'avaient toujours pas prononcé une parole. Assises chacune sur une chaise droite, car il n'y avait pas de fauteuil dans la pièce, elles se tenaient immobiles, comme dans la salle d'attente d'un médecin ou d'un dentiste sans la ressource de parcourir un magazine.

— Une des deux s'est levée pour ouvrir la fenêtre, dit Janvier à Maigret qui était allé aux nouvelles, puis elle a repris sa place et on n'entend à nouveau plus rien.

Maigret n'avait pas réfléchi qu'une des deux, en tout cas, ignorait le crime de la nuit.

— Fais porter des journaux dans la pièce. Qu'on les pose sur le bureau comme si c'était une habitude et qu'on s'arrange pour que, de leur place, elles puissent apercevoir les gros titres.

Coméliau avait déjà téléphoné deux fois, la première de chez lui, où il avait dû lire le journal en prenant son petit déjeuner, la seconde du Palais de Justice.

— Réponds-lui qu'on m'a aperçu dans la maison et qu'on me cherche.

Une question importante était déjà résolue par des inspecteurs que le commissaire avait envoyés

139

de bonne heure en mission. Pour la mère de Moncin, la réponse était simple. Il lui était possible d'entrer dans l'immeuble de la rue Caulaincourt et d'en sortir à n'importe quelle heure de la nuit sans déranger la concierge car, en tant que propriétaire, elle avait conservé une clef. Or, la concierge éteignait dans sa loge et se couchait dès dix heures du soir, au plus tard dix heures et demie.

Boulevard Saint-Germain, les Moncin ne disposaient pas de clef. La concierge se couchait plus tard, aux environs d'onze heures. Etait-ce pour cela que, sauf celui de la nuit précédente, les attentats avaient eu lieu d'assez bonne heure ? Tant qu'elle n'était pas au lit et que la porte n'était pas fermée, la concierge ne prêtait qu'une attention distraite aux locataires qui rentraient du cinéma, du théâtre ou d'une soirée chez des amis.

Le matin, elle ouvrait le portail vers cinq heures et demie pour tirer les poubelles sur le trottoir et rentrait chez elle faire sa toilette. Parfois il lui arrivait de se recoucher une heure.

Cela expliquait, pour Marcel Moncin, la possibilité d'être sorti sans être vu, après l'attentat manqué, afin de se débarrasser du complet en le déposant sur les quais.

Sa femme avait-elle pu, elle, sortir la veille au soir et rentrer assez tard, probablement passé minuit, sans que la concierge se souvienne de lui avoir tiré le cordon ?

L'inspecteur, de retour du boulevard Saint-Germain, répondait oui.

— La concierge prétend que non, bien entendu, expliquait-il à Maigret. Les locataires ne sont pas du même avis. Depuis qu'elle est veuve, elle a pris l'habitude, le soir, de boire deux ou trois petits verres de je ne sais quelle liqueur des Pyrénées. Parfois, il faut sonner à deux ou trois reprises avant qu'elle ouvre la porte et elle le fait dans un

demi-sommeil, sans entendre le nom que les locataires murmurent en passant.

D'autres renseignements arrivaient, pêle-mêle,
certains par téléphone. On apprenait, par
exemple, que Marcel Moncin et sa femme se
connaissaient depuis l'enfance et qu'ils étaient
allés à l'école communale ensemble. Un été, alors
que Marcel avait neuf ans, la femme du pharmacien du boulevard de Clichy l'avait emmené en
vacances avec ses enfants dans une villa qu'ils
avaient louée à Etretat.

On apprenait aussi qu'après son mariage le
jeune couple avait habité pendant plusieurs mois
un appartement que Mme Moncin mère avait mis
à sa disposition dans l'immeuble de la rue Caulaincourt, au même étage que le sien.

A neuf heures et demie, Maigret décida :

— Qu'on aille me chercher Moncin à la Souricière. A moins, bien entendu, qu'il soit déjà dans
le bureau de Coméliau.

Janvier, de son poste d'observation, avait
entendu une des deux femmes se lever, puis le
froissement d'une page de journal. Il ne savait pas
de laquelle des deux il s'agissait. Aucune voix,
néanmoins, ne s'était fait entendre.

Le temps était à nouveau clair, le soleil brillant,
mais il faisait moins lourd que les jours précédents, car une brise faisait frémir le feuillage des
arbres et, parfois, les papiers sur le bureau.

Moncin entra sans rien dire, regarda le commissaire qu'il se contenta de saluer d'un imperceptible
signe de tête et attendit d'être invité à s'asseoir. Il
n'avait pas eu la possibilité de se raser et sa barbe
claire enlevait un peu de la netteté de son visage,
il paraissait plus mou ainsi, les traits comme
brouillés, par la fatigue aussi sans doute.

— On vous a mis au courant de ce qui s'est
passé hier au soir ?

Il dit, comme avec reproche :

— Personne ne m'a parlé.

— Lisez.

Il lui tendait celui des journaux qui donnait le compte rendu le plus détaillé des événements de la rue de Maistre. Pendant que le prisonnier lisait, le commissaire ne le quittait pas des yeux et il fut certain de ne pas se tromper : *la première réaction de Moncin fut la contrariété.* Il avait froncé les sourcils, surpris, mécontent.

> *Malgré l'arrestation du décorateur,*
> *nouvelle victime à Montmartre.*

Un instant, il pensa à un piège, peut-être à un journal truqué tout exprès pour le faire parler. Il lut avec attention, vérifia la date en haut de la page, se convainquit que le fait divers était vrai.

N'y eut-il pas, chez lui, une sorte de colère rentrée, comme si on lui gâchait quelque chose ?

En même temps, il réfléchissait, cherchait à comprendre, semblait trouver enfin la solution du problème.

— Comme vous le voyez, dit Maigret, quelqu'un s'efforce de vous sauver. Tant pis si cela coûte la vie à une pauvre fille à peine arrivée à Paris !

N'y eut-il pas un furtif sourire sur les lèvres de Moncin ? Il s'efforçait de le contenir, mais cela se marquait quand même, une satisfaction enfantine, vite réprimée.

— Les deux femmes sont ici... continua Maigret du bout des lèvres, en affectant de ne pas le regarder.

C'était une drôle de lutte, comme il ne se souvenait pas d'en avoir engagé. Ils n'évoluaient ni l'un ni l'autre sur un terrain stable. La moindre nuance comptait, un regard, un frémissement des lèvres, un battement de paupières.

Si Moncin était fatigué, le commissaire l'était encore davantage et lui, en outre, était écœuré. Il avait été tenté une fois de plus de remettre l'affaire, telle quelle, entre les mains du juge d'instruction, qui n'aurait qu'à se débrouiller.

— Tout à l'heure, on les amènera, et vous vous expliquerez.

Quel fut le sentiment de Moncin à cet instant ? De la fureur ? C'était possible. Ses prunelles bleues devinrent plus fixes, ses mâchoires se serrèrent, il lança au commissaire un bref regard de reproche. Mais peut-être aussi était-ce de la peur, car, en même temps, la buée de la veille montait à son front, perlait au-dessus de sa lèvre.

— Vous êtes toujours décidé à vous taire ?

— Je n'ai rien à dire.

— Vous ne commencez pas à trouver qu'il est temps que cela finisse ? Vous ne pensez pas, Moncin, que c'est au moins *un crime* de trop ? Si vous aviez parlé hier, celui-ci n'aurait pas été commis.

— Je n'y suis pour rien.

— Vous savez, n'est-ce pas, laquelle des deux a décidé stupidement de vous sauver ?

Il ne sourit plus. Au contraire, il se durcit encore comme s'il en voulait à celle qui avait fait ça.

— Je vais vous dire, moi, ce que je pense de vous. Vous êtes un malade, probablement, car je veux croire qu'un homme au cerveau normal n'agirait, dans aucun cas, comme vous l'avez fait. Cette question-là, c'est aux psychiatres de la résoudre. Tant pis s'ils vous déclarent responsable de vos actes.

Il l'épiait toujours.

— Avouez que vous seriez vexé si on décidait que vous êtes irresponsable ?

Une lueur, en effet, avait passé dans les yeux pâles de l'homme.

— Peu importe. Vous avez été un enfant comme un autre, tout au moins en apparence. Un fils de boucher. Cela vous humiliait, d'être fils de boucher ?

Il n'avait pas besoin de réponse.

— Cela humiliait votre mère, elle aussi, qui voyait en vous une sorte d'aristocrate égaré rue Caulaincourt. Je ne sais pas à quoi ressemblait votre brave homme de père. Parmi tant de photographies pieusement gardées par votre mère, je n'en ai pas trouvé une seule de lui. Elle en a honte, je suppose. Par contre, dès votre petite enfance, on vous photographiait sous toutes les faces et, à six ans, on vous faisait faire un coûteux costume de marquis pour un bal costumé. Vous aimez votre mère, monsieur Moncin ?

Et celui-ci continua à se taire.

— Cela n'a pas fini par vous peser, d'être couvé de la sorte, traité comme un être délicat qui exige des soins constants ?

» Vous auriez pu vous révolter, comme tant d'autres dans votre cas, casser le fil. Ecoutez-moi bien. D'aucuns, par la suite, s'occuperont de vous, qui n'iront peut-être pas par quatre chemins.

» Pour moi, vous restez un être humain. Ne comprenez-vous pas que c'est justement ce que je cherche à faire jaillir chez vous : la petite étincelle humaine ?

» Vous ne vous êtes pas révolté parce que vous êtes paresseux et que vous avez un orgueil incommensurable.

» D'autres naissent avec un titre, une fortune, des domestiques, un appareil de confort et de luxe autour d'eux.

» Vous êtes né avec une mère qui vous a tenu lieu de tout cela.

» Qu'il vous arrivât quoi que ce fût, votre mère était là. Vous le saviez. Vous pouviez tout vous permettre.

» Seulement, il vous fallait payer le prix : la docilité.

» Vous lui apparteniez, à cette mère-là. Vous étiez sa chose. Vous n'aviez pas le droit de devenir un homme comme un autre.

» Est-ce elle qui, par crainte que vous commenciez à avoir des aventures, vous a marié, à vingt ans ?

Moncin le regardait avec intensité, mais il n'était pas possible de deviner le fond de sa pensée. Une chose était certaine : il était flatté qu'on s'occupe de lui de la sorte, qu'un homme de la stature de Maigret se penche sur ses faits et gestes et sur ses pensées.

Si le commissaire se trompait soudain, n'allait-il pas réagir, protester ?

— Je ne crois pas que vous ayez été amoureux, car vous êtes trop préoccupé de vous-même pour cela. Vous avez épousé Yvonne pour avoir la paix, peut-être dans l'espoir d'échapper ainsi à l'influence de votre mère.

» Toute gamine, cette Yvonne béait d'admiration devant le garçon blond et élégant que vous étiez. Vous paraissiez fait d'une autre pâte que vos petits camarades, tout fils de boucher que vous étiez.

» Votre mère s'y est laissé prendre. Elle n'a vu en elle qu'une jeune dinde qu'elle façonnerait à sa guise et elle vous a installés tous les deux sur le même palier qu'elle pour mieux vous tenir sous sa coupe.

» Tout cela, n'est-ce pas, ne suffit pas à expliquer qu'on tue ?

» La véritable explication ne viendra pas des médecins qui ne feront, comme moi, qu'éclairer une des faces du problème.

» Vous seul connaissez ce problème dans son entier.

» Or, j'ai la conviction que vous seriez incapable de vous expliquer.

Il obtint cette fois un sourire où il y avait du défi. Cela signifiait-il que, s'il le voulait, Moncin pourrait rendre ses actes compréhensibles à chacun ?

— J'en finis. La petite dinde s'est révélée non seulement une vraie femme, mais une femelle aussi possessive que votre mère. Entre elles deux, la lutte a commencé, dont vous étiez l'enjeu, tandis que, sans nul doute, vous étiez ballotté de l'une à l'autre.

» Votre femme a gagné la première manche, puisqu'elle vous a arraché à la rue Caulaincourt et vous a transplanté dans un appartement du boulevard Saint-Germain.

» Elle vous a donné un nouvel horizon, un nouvel entourage, de nouveaux amis et, de temps en temps, vous vous échappiez pour retourner à Montmartre.

» N'avez-vous pas commencé alors à nourrir contre Yvonne les révoltes que vous aviez eues contre votre mère ?

» *Toutes les deux, Moncin, vous empêchaient d'être un homme !*

Le prisonnier lui jeta un regard lourd de rancune, puis baissa les yeux vers le tapis.

— C'est ce que vous vous imaginiez, ce que vous vous efforciez de croire. Mais vous saviez bien, au fond, que ce n'était pas vrai.

» Vous n'aviez pas le courage d'être un homme. Vous n'en étiez pas un. Vous aviez besoin d'elles, du climat qu'elles créaient autour de vous, de leurs soins, de leur admiration, de leur indulgence.

» Et c'est justement cela qui vous humiliait.

Maigret alla se camper devant la fenêtre pour reprendre haleine et s'épongea le front de son mouchoir, les nerfs aussi frémissants que ceux d'un acteur qui incarne un personnage à son paroxysme.

— Vous ne répondrez pas, soit, et je sais aussi pourquoi il vous est impossible de répondre : ce serait trop pénible pour votre amour-propre. Cette lâcheté, ce compromis perpétuel dans lequel vous avez vécu vous sont trop douloureux.

» Combien de fois l'envie vous est-elle venue de les tuer ? Je ne parle pas des pauvres filles inconnues que vous avez assaillies dans la rue. Je parle de votre mère et de votre femme.

» Je parierais que, gamin, ou adolescent, l'idée vous est parfois passée par la tête de tuer votre mère pour vous affranchir.

» Pas un vrai projet, non ! Une de ces pensées en l'air qu'on oublie aussitôt, qu'on met sur le compte d'un mouvement de rage.

» Et il en a été de même par la suite avec Yvonne.

» Vous étiez leur prisonnier à toutes les deux. Elles vous nourrissaient, vous soignaient, vous choyaient, mais en même temps elles vous possédaient. Vous étiez leur chose, leur bien, qu'elles se disputaient entre elles.

» Et vous, ballotté entre la rue Caulaincourt et le boulevard Saint-Germain, vous vous faisiez pareil à une ombre pour avoir la paix.

» A quel moment, pourquoi, sous le coup de quelle émotion, de quelle humiliation plus violente que les autres le déclic s'est-il produit ? Je n'en sais rien. Vous seul pourriez répondre à la question, et je n'en suis même pas sûr.

» Toujours est-il que le projet, vague d'abord, puis de plus en plus précis, vous est venu de vous affirmer.

» Comment vous affirmer ?

» Pas dans votre profession, car vous savez que vous avez toujours été un raté ou, qui pis est, un amateur. Personne ne vous prend au sérieux.

» Vous affirmer comment, alors ? Par quelle action d'éclat ?

» Car, pour satisfaire votre orgueil, il fallait que ce fût éclatant, il fallait un geste dont tout le monde parle, qui vous donnerait la sensation de planer au-dessus de la foule.

» L'idée vous est-elle venue alors de tuer les deux femmes ?

» C'était dangereux. Les recherches se seraient automatiquement dirigées de votre côté, et il ne serait resté personne pour vous soutenir, vous flatter, vous encourager.

» C'était pourtant à elles, aux femelles dominatrices, que vous en vouliez.

» C'est à des femelles que vous vous en êtes pris, dans la rue, au hasard.

» Cela vous a-t-il soulagé, Moncin, de découvrir que vous étiez capable de tuer ? Cela vous a-t-il donné l'impression que vous étiez supérieur aux autres hommes, ou simplement que vous étiez un homme ?

Il le regardait dans les yeux, durement, et son interlocuteur faillit tomber à la renverse avec sa chaise.

— Parce que tuer a toujours, depuis que l'homme existe, été considéré comme le plus grand crime, il existe des êtres pour considérer que cela suppose un courage exceptionnel.

» Je suppose que, la première fois, le 2 février, cela vous a procuré un soulagement, un moment de griserie.

» Vous aviez pris vos précautions, car vous ne vouliez pas payer, vous entendiez ne pas aller à l'échafaud, en prison ou dans quelque asile de fous.

» Vous êtes un criminel bourgeois, monsieur Moncin, un criminel douillet, un criminel qui a besoin de son confort et de petits soins.

» C'est pourquoi, depuis que je vous ai vu, je suis tenté d'employer avec vous les méthodes qu'on reproche tant à la police. Vous avez peur des coups, de la souffrance physique.

» Si je vous envoyais le revers de ma main au visage, vous vous écrouleriez et qui sait si, par peur d'un second coup, vous ne préféreriez pas des aveux.

Maigret devait être terrible, sans le vouloir, animé qu'il était par la colère qui s'était peu à peu emparée de lui, car Moncin, ramassé sur lui-même, était devenu terreux.

— N'ayez pas peur. Je ne vous frapperai pas. Pour tout dire, je me demande même si c'est tellement à vous que j'en veux.

» Vous avez prouvé que vous êtes intelligent. Vous avez choisi un quartier dont vous connaissez les moindres recoins, comme seulement ceux qui y ont vécu enfant le connaissent.

» Vous avez choisi une arme silencieuse en même temps qu'une arme qui vous procurait, au moment de frapper, une satisfaction physique. Cela n'aurait pas été pareil de presser la gâchette d'un revolver, ou de verser du poison.

» Il vous fallait un geste rageur, violent. Vous aviez besoin de détruire, de sentir que vous détruisiez.

» Vous frappiez et cela ne vous suffisait pas : il était nécessaire qu'ensuite, comme un gamin, vous vous acharniez.

» Vous déchiriez la robe, le linge et sans doute les psychiatres y verront-ils un symbole.

» Vous ne violiez pas vos victimes, parce que vous en êtes incapable, parce que vous n'avez jamais été réellement un homme.

Moncin releva soudain la tête, fixa Maigret, les mâchoires serrées, comme prêt à lui sauter aux yeux.

— Ces robes, ces combinaisons, ces soutiens-gorge, ces culottes, c'était de la féminité que vous mettiez en pièces.

» Ce que je me demande, à présent, c'est si une des deux femmes vous a soupçonné, pas nécessairement la première fois, mais les suivantes.

» Lorsque vous vous rendiez ainsi à Montmartre, annonciez-vous à votre femme que vous alliez voir votre mère ?

» N'a-t-elle pas établi un rapprochement entre les crimes et ces visites ?

» Voyez-vous, monsieur Moncin, je me souviendrai de vous toute ma vie parce que, dans ma carrière, jamais une affaire ne m'a autant troublé, ne m'a pris autant de moi-même.

» Après votre arrestation, hier, ni l'une ni l'autre ne s'est figuré que vous étiez innocent.

» Et l'une d'elles a décidé de vous sauver.

» Si c'est votre mère, elle n'avait que quelques pas à faire pour se rendre rue de Maistre.

» Si c'est votre femme, cela suppose qu'elle acceptait, en admettant que nous vous relâchions, de vivre côte à côte avec un tueur.

» Je ne repousse aucune des deux hypothèses. Elles sont ici, depuis ce matin à la première heure, face à face dans un bureau, et pas une n'a ouvert la bouche.

» Celle qui a tué sait qu'elle a tué.

» Celle qui est innocente sait que l'autre ne l'est pas et je me demande si, chez celle-ci, il n'y a pas une secrète envie.

» N'est-ce pas, entre elles, depuis des années, une lutte à qui vous aimera le plus, à qui vous possédera le plus ?

» Or, comment vous posséder davantage qu'en vous sauvant ?

Le téléphone l'interrompit au moment où il ouvrait la bouche.

— Allô !... Oui, c'est moi... Oui, monsieur le juge... Il est ici... Je vous demande pardon, mais j'en ai encore besoin pendant une heure... Non, la presse n'a pas menti... Une heure !... Elles sont au Quai toutes les deux...

Impatient, il raccrocha, alla ouvrir la porte du bureau des inspecteurs.

— Qu'on m'amène les deux femmes.

Il avait besoin d'en finir. Si l'élan qu'il venait de prendre ne le conduisait pas au terme, il se rendait compte qu'il serait incapable de venir à bout de l'affaire.

Il n'avait demandé qu'une heure, non parce qu'il était sûr de lui, mais un peu comme on mendie. Dans une heure, il passerait la main et Coméliau agirait comme bon lui plairait.

— Entrez, mesdames.

Sa passion n'était sensible que dans une certaine vibration de la voix, dans le calme exagéré de certains gestes, comme de leur tendre une chaise à chacune.

— Je n'essaie pas de vous tromper. Ferme la porte, Janvier... Non ! Ne sors pas. Reste ici et prends des notes. Je dis que je n'essaie pas de vous tromper, de vous faire croire que Moncin a avoué. J'aurais pu vous interroger séparément. Comme vous le voyez, j'ai décidé de ne pas user des petites ficelles du métier.

La mère, qui avait refusé de s'asseoir, se dirigea vers lui, la bouche ouverte, et il lui lança sèchement :

— Taisez-vous ! Pas maintenant...

Yvonne Moncin, elle, était assise sagement sur le bord de sa chaise, comme une jeune dame en visite. Elle avait eu, pour son mari, un regard assez bref, et maintenant elle fixait le commissaire comme si, non contente de l'écouter, elle suivait le mouvement de ses lèvres.

— Qu'il avoue ou non, il a tué, par cinq fois, et vous le savez toutes les deux, car vous connaissez ses points faibles mieux que quiconque. Tôt ou tard, ce sera établi. Tôt ou tard, il finira en prison, ou dans un asile.

» L'une de vous s'est imaginé qu'en commettant un nouveau meurtre elle parviendrait à détourner de lui les soupçons.

» Il nous reste à savoir laquelle des deux a tué,

cette nuit, une certaine Jeanine Laurent au coin de la rue de Maistre.

La mère put enfin parler.

— Vous n'avez pas le droit de nous questionner hors de la présence d'un avocat. Je leur interdis à tous les deux de parler. C'est notre droit d'être assistés légalement.

— Veuillez vous asseoir, madame, à moins que vous ayez des aveux à faire.

— Il ne manquerait plus que ça que je fasse des aveux ! Vous agissez comme... comme un malappris que vous êtes et vous... vous...

Pendant les heures qu'elle avait passées en tête à tête avec sa bru, elle avait amassé silencieusement tant de rancœurs qu'elle en perdait la faculté de s'exprimer.

— Je vous répète de vous asseoir. Si vous continuez à vous démener, je vous ferai emmener ailleurs par un inspecteur qui vous interrogera pendant que je m'occuperai de votre fils et de votre belle-fille.

Cette perspective la calma soudain. Ce fut un changement à vue. Elle resta un instant la bouche ouverte de stupeur, puis elle eut l'air de dire :

— Je voudrais bien voir ça !

N'était-elle pas la mère ? Ses droits n'étaient-ils pas plus anciens, plus indiscutables que ceux d'une gamine que son fils n'avait fait qu'épouser ?

Ce n'était pas du ventre d'Yvonne qu'il était sorti, mais du sien.

— Non seulement une de vous deux, reprit Maigret, a espéré sauver Moncin en commettant un crime pareil aux siens alors qu'il était sous les verrous, mais celle-là, j'en suis persuadé, était depuis longtemps au courant. Elle a donc eu le courage de se trouver seule jour après jour avec lui dans une pièce, sans protection, sans aucune chance de lui échapper si l'idée lui venait de la tuer à son tour.

» Celle-là l'a assez aimé, à sa manière, pour...

Le regard que Mme Moncin lança à sa bru ne lui échappa pas. Jamais, sans doute, il n'avait lu tant de haine dans des yeux humains.

Yvonne, elle, n'avait pas bronché. Les deux mains sur un sac en maroquin rouge, elle semblait toujours hypnotisée par Maigret, dont elle ne perdait pas une expression de physionomie.

— Il me reste à vous dire ceci. Moncin, presque à coup sûr, sauvera sa tête. Les psychiatres, comme d'habitude, ne seront pas d'accord à son sujet, discuteront devant un jury qui n'y comprendra rien et il y a toutes les chances pour qu'il bénéficie du doute, auquel cas il sera envoyé pour le reste de ses jours dans un asile.

Les lèvres de l'homme frémirent. A quoi pensait-il à cet instant précis ? Il devait avoir une peur atroce de la guillotine, peur aussi de la prison. Mais n'était-il pas en train d'évoquer des scènes d'asiles d'aliénés telles que l'imagination populaire les voit ?

Maigret fut persuadé que, si on pouvait lui promettre qu'il aurait une chambre pour lui seul, une infirmière, que s'il avait droit à des soins raffinés, à l'attention de quelque professeur illustre, il n'hésiterait pas à parler.

— Pour la femme, il n'en est pas de même. Depuis six mois, Paris vit dans la peur et les gens ne pardonnent jamais la peur qu'ils ont ressentie. Or, les jurés seront des Parisiens, des pères, des époux de femmes qui auraient pu tomber sous le couteau de Moncin à quelque coin de rue.

» Il ne sera pas question de folie.

» A mon avis, c'est la femme qui payera.

» Elle le sait.

» C'est une de vous deux.

» Une de vous deux, pour sauver un homme, pour ne pas perdre, plus exactement, ce qu'elle considérait comme son bien, a joué sa tête.

— Cela m'est égal de mourir pour mon fils, lança soudain Mme Moncin en détachant les syllabes. C'est mon enfant. Peu m'importe ce qu'il a fait. Peu m'importent les roulures qui se promènent la nuit dans les rues de Montmartre.

— Vous avez tué Jeanine Laurent ?

— Je ne connais pas son nom.

— Vous avez commis, la nuit dernière, le meurtre de la rue de Maistre ?

Elle hésita, regarda Moncin et prononça enfin :

— Oui.

— Dans ce cas, pouvez-vous me préciser la couleur de la robe de la victime ?

C'était un détail que Maigret avait demandé à la presse de ne pas publier.

— Je... Il faisait trop noir pour que...

— Pardon ! Vous n'ignorez pas qu'elle a été assaillie à moins de cinq mètres d'un bec de gaz...

— Je n'ai pas fait attention.

— Lorsque, pourtant, vous avez lacéré le tissu...

Le crime avait été commis à plus de cinquante mètres du plus proche réverbère.

Alors, dans le silence, on entendit la voix d'Yvonne Moncin qui énonçait calmement, comme une élève à l'école :

— La robe était bleue.

Elle souriait, toujours immobile, se tournait vers sa belle-mère qu'elle regardait avec défi.

N'était-ce pas elle, dans son esprit, qui avait gagné la partie ?

— Elle était bleue, en effet, soupira Maigret en laissant enfin ses nerfs se détendre.

Et le soulagement fut si soudain, si violent, que des larmes lui en montèrent aux yeux, peut-être des larmes de fatigue ?

— Tu termineras, Janvier, murmura-t-il en se levant et en ramassant une pipe au hasard sur son bureau.

La mère s'était tassée sur elle-même, vieillie soudain de dix ans, comme si on venait de lui arracher sa seule raison de vivre.

Maigret n'eut pas un regard pour Marcel Moncin qui avait laissé tomber sa tête sur sa poitrine.

Le commissaire fendit la foule des reporters et des photographes qui l'assaillaient dans le couloir.

— Qui est-ce ? On le sait ?

Il fit oui, balbutia :

— Tout à l'heure... Dans quelques minutes...

Et il se précipita vers la petite porte vitrée donnant accès au Palais de Justice.

Il ne resta guère qu'un quart d'heure chez le juge Coméliau. Quand il revint, ce fut pour distribuer des instructions.

— Relâche la mère, bien entendu. Coméliau veut voir les deux autres le plus tôt possible.

— Ensemble ?

— D'abord ensemble, oui. C'est lui qui remettra un communiqué à la presse...

Il y avait quelqu'un qu'il aurait aimé voir, mais pas dans un bureau, pas dans les couloirs ou les salles d'un asile : le professeur Tissot, avec qui il aurait bavardé longuement comme ils l'avaient fait un soir dans le salon de Pardon.

Il ne pouvait pas demander à celui-ci d'organiser un autre dîner. Il était trop las pour se rendre à Sainte-Anne et attendre que le professeur puisse le recevoir.

Il poussa la porte du bureau des inspecteurs où tous les regards convergèrent vers lui.

— C'est fini, mes enfants...

Il hésita, fit des yeux le tour de ses collaborateurs, leur sourit d'un sourire las et avoua :

— Moi, je vais me coucher.

C'était vrai. Cela ne lui était pas arrivé souvent, même quand il avait passé la nuit.

— Vous direz au chef...

Puis dans le couloir, aux journalistes :

— Chez le juge Coméliau.. Il vous mettra au courant...

On le vit descendre l'escalier tout seul, le dos lourd, et il s'arrêta sur le premier palier pour allumer lentement la pipe qu'il venait de bourrer.

Un des chauffeurs lui demanda s'il voulait la voiture et il fit signe que non.

Il avait envie, d'abord, d'aller s'asseoir à la terrasse de la Brasserie Dauphine comme, la nuit, il s'était assis longtemps à une autre terrasse.

— Un demi, commissaire ?

Comme ironique, d'une ironie qui s'adressait à lui-même, il répondit en levant les yeux :

— Deux !

Il dormit jusqu'à six heures du soir, dans les draps moites, la fenêtre ouverte sur les bruits de Paris, et quand il parut enfin, les yeux encore bouffis, dans la salle à manger, ce fut pour annoncer à sa femme :

— Ce soir, nous allons au cinéma...

Bras dessus, bras dessous, ainsi qu'ils en avaient l'habitude.

Mme Maigret ne lui posa pas de questions. Elle sentait confusément qu'il revenait de loin, qu'il avait besoin de se réhabituer à la vie de tous les jours, de coudoyer des hommes qui le rassurent.

La Gatounière, Mougins (Alpes-Maritimes),
le 12 juillet 1955.

Composition réalisée par JOUVE

Achevé d'imprimer en octobre 2008, en France sur Presse Offset par
Maury-Imprimeur - 45330 Malesherbes
N° d'imprimeur : 141060
Dépôt légal 1re publication : novembre 2000
Édition 06 - octobre 2008
LIBRAIRIE GÉNÉRALE FRANÇAISE - 31, rue de Fleurus - 75278 Paris Cedex 06